死神坂の月

風魔小太郎血風録

安芸宗一郎
Aki Soichiro

文芸社文庫

目次

序章

一陣の風が日光街道を吹き抜け、黄土色の砂塵が舞った――。

越谷でひと仕事終えた源蔵が、千住宿に帰り着いたのは暮六つ半（午後七時）過ぎで、とっぷりと日も暮れ、あたりに人影もなかった。

仕事といえば聞こえはいいが源蔵の生業は女衒《ぜげん》。

貧しい家から娘を買い叩いては遊女屋に売りとばす人買いだ。

しかも本当の仕事は、娘を買い取った家を襲って皆殺しにし、支払った代金を奪い取る強盗だった。

親が娘の代金を借金返済に回せぬよう、取引は必ず夕刻以降に行い、取引の最中に家中の下見をする。

源蔵は取引を終えるといったん宿に戻り、買った娘の見張りを相棒に任せて湯を浴びる。

相棒には禊ぎといっているが、源蔵は十二年前、初めて殺しに手を染めたときも、事前に湯を浴びて成功したことから、そのゲンを担いでいるにすぎなかった。

夜中、頃合いを見計らって黒装束に着替え、相棒にも気付かれぬように宿から忍び出るのは、決まって丑三つ時近くだった。

源蔵は家に侵入すると、それが老人や女子供や赤子であろうが、見つけた順に容赦なく心臓をひと突きにした。

騒がれる心配が完全になくなったところで物色を始める。

金を手に入れたら、用意した竹筒入の臭水（石油）を撒き、家に火を放った。

まさに、鬼畜の所業だった。

源蔵は東国での仕事を終えて江戸に舞い戻ると、かならず千住宿の外れに囲っている女の家にいき、夜が明けるまで女を抱き続けた。

女の淫水を全身に塗りたくることで、体中にまとわりついた血の匂いを消せるような気がしていたのだ。

だが今日の源蔵は躊躇なく千住大橋を渡り、千住街道をそのまま浅草に向かった。

なぜなら、源蔵は一刻ほど前に草加宿を通過したときに、二十間ほどの間をあけて尾行してくる侍に気付いた。

これまでに七十件、二百余人を殺してきたが、一度たりとも尾行を受けたことなど一度もなかった。

だが編み笠を被った侍は、源蔵が歩をゆるめれば歩をゆるめ、急ぎ足になれば歩を早めた。

「まさか八州廻りじゃねえだろうが、鬱陶しい野郎だぜ」

数えきれぬほど人を殺し、修羅場を潜ってきた源蔵は謎の侍の尾行に動じることもなく、ニヤつきながら懐に隠した匕首を確認した。

そして小塚原の町並みを抜け、道の両側が田んぼになったところで、源蔵はやにわに振り返った。

「おう、俺を尾けるとは、どういう了見だ」

侍が無言のまま三間（五・四メートル）ほどに迫ったところで、源蔵はドスの効いた声で喚き、匕首を抜いた。

侍は無言のまま源蔵に歩み寄り、一間ほどの間合いをとって立ち止まった。

「女衒の源蔵という鬼畜は……お前だな」

編み笠越しに、侍がくぐもった声を発した。

「鬼畜だと？　聞いたようなことぬかしやがって。俺に何の用だっ！」

源蔵は中腰に構えると、匕首を持った右手を差し出した。

「俺は江戸の闇を仕切る風魔。貴様の如き外道は、天に代わって成敗してくれるっ」

「ふ、風魔だと？　なぜ風魔が……」

江戸の闇を仕切る風魔の噂を聞いたことはあるが、風魔の本拠といわれている吉原は女衒の源蔵が女を売る取引先で、いわば同じ穴のムジナだった。

――その風魔がなぜ俺を狙うんだ。

源蔵は自分の悪逆非道を棚に置き、首をひねった。

「源蔵、お前は隅田川に下る、このだらだら坂の名を知っているか」

「そ、そんなこと知るかっ」

「ならば教えてやろう。ここが有名な死神坂よ」

侍の左手の親指が、腰の大刀の鯉口を切った。

「死神坂って、て、てめえはまさか死神……」

唇を歪めて動揺する瞳に怯えが走った。

ヒュンッ――。

目にも留まらぬ早業で抜き放たれた大刀が、真一文字に空気を切り裂いた。

源蔵は匕首で刀を受けようと、反射的に右手を掲げた。

だが瞬時に切断された右手の手首が、匕首を握ったまま宙を舞った。

源蔵の右腕に丸太で殴られたような衝撃が走り、強烈な痺れが右肩まで突き抜けた。

「ヒ、ヒエーッ！」

とっさに踵を返した源蔵は、右手首から血飛沫を撒きながらその場を逃げ出した。

だが侍は源蔵を追おうともせず、なぜかゆっくりと千住宿方面に引き返した。

源蔵は振り返りもせず、夢中で走った。

だが小塚原の仕置場の常夜灯が見えたところで、源蔵は迂闊にも足をもつれさせ、その場でもんどりうった。

手首の止血もせずに、鮮血を振りまきながら走った源蔵は、大量の失血のせいで意識朦朧となっていた。

必死で背後を確認したが、やはり侍の姿はどこにもない。

「クソ野郎が、酷えことしやがって……」

源蔵は震える左手で、懐から財布を取り出した。

そして財布の紐を口に咥え、傷口近くをきつく縛った。

その場に座ったまま、大きな溜息をついた源蔵の頬を涙が伝った。

それは苦痛や哀しみの涙ではなく、圧倒的な死への恐怖が流させた涙だった。

「女衒の源蔵だな」

背後で発せられた、しゃがれ声と背筋が凍るような殺気。

源蔵は全身をビクつかせ、反射的に振り返った。

今度の侍は黒い裁着袴を穿いている。

さっきの侍は着流しだったのだから明らかに別人だが、同じように編み笠を被った侍が立っていた。

右手には、すでに抜き身の大刀が握られている。

「て、手めえも死神かっ！　俺は手めえらに何にもしてねえじゃねえかっ！」

「そうだな。それがしはお前など見たこともない。だからお前がこの世から消えたところで、痛くも痒くもない」

「だ、誰に頼まれて俺を狙いやがるっ！」

源蔵は恐怖で腰が抜けて立ち上がることもできない。

失禁した大量の小便が、股間の地面に水たまりを作った。

「誰？　地獄の閻魔に聞くんだな」

侍はそういうと、一歩、二歩と源蔵に歩み寄った。

「た、助けてくれ。金ならこれをやるから、殺すのだけは勘弁してくれ」

源蔵は右腕にぶら下がる財布から小判を取りだし、侍の足下に投げつけた。

二十枚ほどの小判が、乾いた音を立てて地面に散乱した。

だが侍は小判に目もくれず、草履で踏みにじりながら間合いを詰めると、いきなり大刀を一閃した。

源蔵が反射的に左手を掲げると、今度は何の衝撃もないままに左腕が飛び、すぐに激痛が走った。

「ギャーッ」

源蔵があげた悲痛な叫びは、無情にもあたりの闇に吸い込まれた。

「両手がなくなったのでは、もはや血止めもできぬな。冥土の土産にいいものを見せてやろう」

侍は覆面に指を掛けると、ゆっくりと引き下げた。

侍を仰ぎ見た源蔵は、編み笠に隠され顔を見て息を飲んだ。

「あ、あんたはたしか……か、勘弁してくれ」

源蔵が大袈裟に振った両腕の手首から吹きだした血飛沫が、侍の編み笠を朱に染めた。

「良く喋る口だな」

侍は怯える源蔵の口に刀の切っ先を突っ込み、容赦なく右頬を切り裂いた。

源蔵の悲鳴などおかまいなしに、侍はもう一度、切っ先を口に突っ込み左頬も切り裂いた。

すると源蔵の顎がガクリと落ちた。

大量出血によって体温を奪われた源蔵の全身が、わなわなと震えだした。

そしていよいよ、失血の臨界点を超えたのか、源蔵は意識を失い、苦痛から解放された。

項垂れた源蔵の横顔は、心なしか笑っているようにも見えた
「源蔵、ざまあねえな。吉原無月楼の遊女、おたきの怨み、晴らさせて貰うぜ」

侍は大刀を八双に構えると、源蔵のむき出しになった首筋に振り下ろした。

切り落とされた源蔵の首が、ゴロゴロと音を立てながら地面を転がった。

源蔵の首からは、血飛沫も上がらない。

侍は源蔵の髷を掴み、罪人の首が晒されている木台に並べた。

「源蔵、手めえが縁の下の瓶に隠した金子は、俺が生き金として使ってやるぜ。南無阿弥陀仏……」

侍は右手を立てて念仏を唱えると、編み笠を捨てて頭巾を被った。

そして仕置場の脇に繋いだ馬に飛び乗ると、悠然とその場から姿を消した。

第一章　死の予告

一

享保十年八月朔日、下谷の蘭方治療院良仁堂の縁側では、ふたりの大男が昼餉の素麺をすすっていた。

つけ汁におろし生姜を足した総髪の男はこの治療院の蘭方医だが、もうひとつの顔は江戸の闇を牛耳る風魔の統領、十代目風魔小太郎こと風祭虎庵だ。

虎庵の向かいに座っている着流しに坊主頭の侍は、元鳥越町にある小野派一刀流剣術道場「志誠館」の主で、風祭虎庵の元家人真壁桔梗之介だった。

「虎庵様、二十年前、なんで上様は私たちに上海行きを命じられたのですかね。二十年前といえば、私は二十四歳で虎庵様は十七歳ですよ」

「そうだったかな」

「いくら虎庵様が学問好きで、外つ国の言葉に堪能な秀才振りが有名だったとしてもですよ、あまりに無謀にすぎませんか」

桔梗之介はつけ汁に、薬味のネギを足しながらいった。

「あの頃は三代将軍徳川家光が布いた海禁令によって、海外への渡航と帰国が厳しく禁じられていて、令を破った者は即刻死罪だったものな。まあ、それは今も変わらぬが、当時はそれで大名家がお取り潰しなんてことも珍しくなかったそうだ」

「あの時、もし私たちの上海渡航がバレたとしたら、将軍は御三家の紀州藩でもお取り潰しにしましたかね」

「無論だ。そうでなければ諸藩の大名に示しがつかぬし、幕府は身びいきの誹りを受けることになるからな」

虎庵は当たり前だろうという顔でいった。

「わかりませんね。私たちが見てきたアジアや西欧の国々は、異国との交流を深め、貿易によって活気のある、豊かな国作りをしていたではないですか。この国だって、海禁になるまでは、明や呂宋はもとより、ポルトガルにイスパニア、オランダにエゲレスといった西欧諸国と貿易をしていたのでしょう?」

桔梗之介は蕎麦猪口の中の素麺を箸先でグルグルとかき回し、つけ汁をたっぷりと含ませてすすった。

「幕府はキリスト教の蔓延を阻止するためとしているが、本当の理由は諸大名から貿易の利権を取り上げ、莫大な利益を独り占めするためだった。桔梗之介は応仁の大乱を知っているか」

虎庵は剣術馬鹿の桔梗之介に、意地悪な質問をした。

「長きにわたる戦乱の世のきっかけとなった、足利将軍時代に起きた戦でしょ。それくらいは知ってますよ」

「ほう、応仁の大乱を知っているとは大したものだな」

「なんのなんの、お褒めにあずかるほどのことではありませぬ」

桔梗之介は大袈裟に胸を張った。

「きっかけは足利将軍家の御家騒動といわれているが、本当の原因は八代将軍足利義政の失政が原因なのだ」

「足利義政が、どんな失敗をしたのですか」

「足利義政は武家にもかかわらず、歌舞音曲にうつつを抜かし、まるで公家のような暮らし振りだった。しかも何を思ったか、莫大な費用を投じて寺社を作り、先祖の法要に明け暮れていたのた」

「馬鹿将軍にしてみれば、足利家を隆盛させてくれたご先祖様に、感謝の念を表わしたかったのでしょう。愚かな為政者の典型ですな」

「当然、幕府の財政は悪化するが、桔梗之介ならどうする」

「法要をやめるに決まってます。ない袖は振れませんからね」

「いやいや、和尚は大したものだな。上海の遊郭で、ツケで女を抱いていた男とは思えぬな」

「ない袖を振ることの愚かさとその後の苦労、私はそれを上海の遊女屋で学んだのです」

「桔梗之介のように学習をしない愚かな義政は、諸国の大名や商人への借金でその場をしのいでいた。だが結局、三代将軍足利義満によって構築された、明国との貿易を可能にする、虎の子の朱印状を有力大名に売り渡してしまったのだ」

「将軍たるものが、借金のたびに家来や商人に頭を下げるなんて、我慢できなかったのでしょう」

桔梗之介はフウと溜息をつき、帯をゆるめた。

「だがおかげで、将軍家が独占してきた貿易の利益が、諸国の大名に分散してしまったことで、将軍家を超える財力と国力を手にした大名まで出始めたというわけだ」

「なるほど、それで将軍家と大名の武力と財力の均衡が崩れ、下克上になっていくわけですか。そりゃあそうですよね、自分より弱いくせに偉そうなことをいったって、いうことを聞く馬鹿はいませんものね」

「この国は四方を海に囲まれ、天然の良港が無数にあって、密貿易を取り締まるのは不可能だ。だからといって大名たちの貿易を許しておけば、いずれ下克上が起こり、徳川幕府も足利将軍家の二の舞になる」

「自明の理ですね」

「幕府は諸国の大名を生かさず、殺さずにするために、諸外国への渡航と帰国を禁止し、諸藩に監視の隠密を大挙送り込んだのだ。諸藩は金づるだった貿易利権を奪われた上に、天下普請や参勤交代で金蔵はスッカラカン、軍備拡張どころじゃねえ」

「ようするに、謀反の芽を摘むということですね」

「しかもだな、幕府は手めえだけ西欧の最新兵器を独占入手し、大大名とて足下に及ばぬ戦力を手にしたというわけだ」

「でも虎庵様、そうなると御三家の紀州藩主だった上様が、私たちに海禁破りをさせて幕府に牙を剥くような真似をした理由が、ますますわかりませんな」

桔梗之介はザルに残った最後の素麺を乱暴に箸で摘み、つけ汁の入った蕎麦猪口に放り込んだ。

「俺にも上様の本意はわかりかねる。だがはっきりしていることは、上様は俺が風魔小太郎の嫡男であることを知っていて上海にいかせ、自分が将軍の座についたら俺を呼び戻し、風魔小太郎と風魔を復活させたということ」

「上様が風魔を復活させたことで、この五年の間に起きたことといえば、徳川家の御家騒動の火種で、獅子身中の虫である奸臣どもを風魔が一掃してくれた。おかげで上様は一切手を汚すことなく、幕政改革に邁進することができたのですから、どうやら理由はそのあたりにあるということですかな」

桔梗之介はあっという間に最後の素麺を胃の腑に流し込み、残った蕎麦猪口のつけ汁をゴクゴクと飲んだ。

「桔梗之介はお気楽だな。お前さんの読み通りなら、上様は自分が将軍になることをわかっていたことになってしまうではないか」

「違いますか?」

「え?」

虎庵は当たり前のようにいい放った桔梗之介の顔をマジマジと見つめた。

「虎庵様は、上海で私に教えてくださったことをお忘れですか」

「なんのことだ」

「紀州徳川家の庶子だったあの方が、藩主となった兄たちの立て続けの死によって藩主になったのが奇跡なら、将軍の座についたのも奇跡。ひとりの人間に奇跡が二度続けば、それは必然と考えるべき、そう仰ったのは虎庵様です」

「そ、そうだったかな」

「あの話を聞いたとき、私は正直にいいますと虎庵様を斬ろうと思いました。虎庵様のいっていることが正しければ、七代将軍家継様の死によって奇跡が三回続いたことになり、必然の上をいくことになる。つまり七代将軍家継様の死は上様がやったと仰られたのと一緒ですからな」

桔梗之介は縁側で立ち上がると、両手を突き上げて大きな伸びをした。

「ではなぜ、斬らなかった」

虎庵は煙草盆から取り出した、短めの銀煙管を咥えた。

「簡単です。私はたったの七歳のときに父より、赤子だった虎庵様の警護役を命ぜられました」

「そうだったな。考えてみれば桔梗之介には世話になりっぱなしだ」

「でも虎庵様、七歳の用心棒なんてありえますか」

振り返った桔梗之介の顔は真剣だった。

「ありえぬな。本当に赤子を護るつもりなら、それなりの手練れを警護につけるのが常道だ」

「しかし、それも父が上様に命じられたことと思えば不思議ではないし、あり得ないことをやってしまうのが吉宗様です……」

「困ったものだよな」

虎庵は雁首にキザミを揉み込んだ。

「はっきりいって、あの方は目的を達成するためには手段を選ばないし、織田信長のように相手の能力を認めれば、武士が後生大事にしてきた身分や家格に拘りません。武断を標榜して大権現家康様の世に戻すなんてことをいうから、吉宗様をかび臭い武人と思っている者も多いようですが、私は将軍にまで上り詰めたあの人を見て、古い武士の時代は終わったと思いました」

「なるほどな」

「なんだかんだいっても、私だって未だに儒学や武士道を重んじる、かび臭い武人のひとりでしたからな」

桔梗之介は虎庵の前に座り直した。

「そのお前さんに武士を捨てさせ、出家する気にさせたお志摩は大したものだな」

「お志摩より吉宗様ですよ。私はあの方を知ったことで、武人に未来がないことを悟ったから、僧籍に入ることについてもさほど悩まなかったんですよ」

桔梗之介はそういって虎庵を見ると、ニヤリと意味深な笑みを浮かべた。

「よくいうぜ。六男とはいえ、お前さんの実家は紀州藩附家老の水野家だ。家や兄上たちに迷惑をかけず、惚れた町娘のお志摩と一緒になるには、一度出家して武士の身分を捨て、僧籍から還俗するしかない、そう思っただけのことだろうが」

「ハハハハ、これはとんだやぶ蛇でしたな。さあて腹も一杯になったことだし、そろそろ帰るとしますか。ご馳走様でした」

桔梗之介は縁側から飛び降りると、剃り上げた坊主頭を撫でながら風のように姿を消した。

二

その晩、近所の居酒屋で大工たちと酒を酌み交わした虎庵が、良仁堂に戻ったのは五つ（午後八時）過ぎのことだった。

虎庵が縁側で夕涼みをしながら酔いを覚ましていると、何やら暗く沈んだ三人組が庭先に姿を現わした。

突然、現れたのは佐助と亀十郎、獅子丸の三人だったが、なぜか俯き加減の三人からは、まるで覇気を感じられない。

佐助は風魔の本拠、吉原の総籬小田原屋の番頭頭を務める幹部で、六尺大男の虎庵より二回りほど小柄だが、切れ長の目、きりりとしまった口元、丸みを帯びて広い額がいかにも理知的な切れ者だ。

一方、亀十郎は顎のしっかりとした真四角な下駄顔で、立髪をボサボサに伸ばした見るからに浪人者。

身の丈五尺九寸、ゲジゲジ眉に小さな目が戦国時代の武芸者を思わせる。

佐助と亀十郎は、虎庵が十代目風魔小太郎を襲名して以来、警護役として良仁堂に常駐し、幹部、長老たちとの繋ぎ役も兼ねていた。

獅子丸は小田原屋の手代を務める佐助の部下だ。

どこにでもいそうな中肉中背で、その顔もまったく特徴のない優男だが、そんな風貌ゆえに風魔の密偵頭を任されていた。

「お頭、ご報告があります」

この屋敷内で佐助が虎庵を先生と呼ばず、この三人が揃って姿を現わしたということは、ろくでもないことが起きていることを意味している。

虎庵は嫌な予感に口をへの字に曲げ、小さな溜息をついた。

「今日は珍しい組み合わせだな。何かあったのか」

虎庵の前に座った三人に、虎庵は単刀直入に訊いた。

「じつはお頭、このところ吉原の遊女の間で、妙な噂が立っておりまして……」

「噂？」

答えたのは佐助だった。

「お頭はご存知ないかと思いますが、北関東を縄張りにしている源蔵という女衒がおります。こいつは吉原、深川、品川、内藤新宿の遊女屋を相手に女を売って商売をしているんですが、たまたまその内のふたりが小田原屋におりまして、ふたりが身の上話をしているうちに、互いが源蔵に買われ、実家が火事になり、親が惨殺されたことを知ったそうです。それで私は、噂の真偽を確かめるために、獅子丸に源蔵の尾行を命じたんです」

「なんだか話が見えねえな……」

佐助の説明はいつも簡潔なのだが、今日はどこか歯切れの悪い、奥歯に物が挟まったような口調だった。

「獅子丸、お頭に見たままを報告しろ」

佐助は恐縮したように俯いている獅子丸を促した。

両膝に手を置いた獅子丸は、大きく息を吐くと、一気に話し出した。

「じつは佐助兄貴から命を受けまして、奴を追って越谷までいっていたんですが、あの野郎、噂通りの外道でした。夕刻、商売を終えた源蔵は、買った娘を相棒に預けて江戸に向かわせ、手めえはその日の深夜に娘の実家に舞い戻り、娘の両親と兄弟の赤子を皆殺しにし、払った金を奪った後、家に火を放ちやがったんです」

「ようするに源蔵は、娘をタダで手に入れるために一家を惨殺し、家を焼いたということで、間違いないんだな」

「はい」

虎庵の問いに、青ざめた獅子丸は唇をきつく噛み、肩を震わせて力なく頷いた。

「ん？　どうした、獅子丸。どこか具合でも悪いのか」

「お頭、あのとき、あっしが源蔵を始末しておけば、一家は死なずに済んだんです。それなのに俺は、黙って見過ごしました。本当にそれでよかったのでしょうか」

「お前さんは佐助から、源蔵に天誅を下せと命じられたわけではないだろう」

「はい」

「ならば殺された者は気の毒だが、仕方がないではないか。風魔のひとりひとりが己の正義で天誅を下せば、風魔はタダの殺し屋になってしまう。それにお前さんは絶対に源蔵に勝ち、一家を助けられたといい切れるか」

「そ、それは……」

「お前さんが源蔵を見張るように命じられたのは、お前さんなら源蔵に気取られて殺されることなく、奴の行状や背景を調査し、確実に報告してくれるからだ。罪もない女子供や赤子までが、虫けらの如く殺されるのを見殺しにするのは辛かろう。だが奴の行状を判断し、天誅を下すか下さぬかを決めるのは俺の仕事だ。そこに是非もねえことはわかるな？」

「へえ……つまらねえことをいっちまったようです」

獅子丸は袖で涙を拭った。

「獅子丸、わかってくれりゃいいんだ。問題は源蔵とかいう外道だ。野郎はいま、どこにいやがる」

虎庵の全身から漂う妖気のような殺気に、そこにいた誰もが虎庵の源蔵に対する殺意を察した。

「半刻ほど前、奴は殺されました」

「ええ？」

「草加宿で編み笠を被った侍が、源蔵を待ち伏せていやがりまして、そいつが尾行していることを源蔵も気付いたようで、千住宿に着いたときにはとっくに日が落ちていたというのに、そのまま人気のない千住街道に侍を誘い込んだんです。そして小塚原の仕置場近くまで行ったところで、源蔵が匕首を手にして振り返りました」

「獅子丸、源蔵もどこかの忍びなのか」

「いいえ、奴の物腰や動きからすると忍びとは思えやせん。実際、簡単に匕首を握った右手を切り落とされちまいましたから。ただ……」

「ん？　ただどうした」

「源蔵に正体を問われた侍が、『俺は江戸の闇を仕切る風魔。貴様の如き外道は、天に代わって成敗してくれるっ』なんてぬかしやがったんです。それからうまく聞き取れなかったんですが、侍が死神坂がどうしたとか……」

「死神坂だと？　獅子丸、間違いねえんだなっ！」

片膝になって、声を荒らげたのは佐助だった。

「佐助、ちょっと待て。源蔵も吉原に出入りしている女衒だ。侍が風魔の名を出したのは、源蔵が風魔かどうかを確認するためじゃねえのかな。獅子丸、いいから続きを話してくれ」

「手首を斬り落とされた源蔵は、その場から二十間（三十六メートル）ほど逃げたんですが、仕置場の手前で蹴っつまずいて転んじまったんです」

「編み笠の侍はどうしたんだ」

「それが源蔵が逃げ出すと、さっさと刀を収めて千住宿の方に行っちまったんです」

「妙な話だな」

「ところがお頭、仕置場の脇から、別の編み笠を被った侍が現れやがったんです。源蔵は小判をばらまいて命乞いをしたんですが、侍は小判には目もくれずに源蔵の左腕を切り落とし、口に切っ先を突っ込んで両頰を切り裂きやした。そして刎ねた首を獄門台に晒すと、馬に飛び乗って浅草の方に逃げちまいました……」

ふたりで同時に襲うのではなく、ひとりがある程度の傷を負わせて戦力を奪い、もうひとりが待ち伏せしてとどめを刺す。

編み笠を被った侍たちの周到なやり方は、ただ者とは思えなかった。

「源蔵は、ほかに何もいわなかったのか」

「殺される前、野郎は侍の顔を見たようでして、『あ、あんたはたしか』って……」

「てえことは、源蔵と侍が知り合いだったことは間違いなさそうだな。侍が小判に目もくれなかったということは、物盗りではなく源蔵の命が目的だったということか。よし佐助、さっき聞きたかったことがあったようだが、どうした」

　虎庵は小首を傾げながら佐助を見た。

　話を振られた佐助は、堰を切ったように話し始めた。

「じつはこれも、遊女たちが話しているのを小耳に挟んだ話なのですが、一年ほど前から江戸に『死神』とかいう殺し屋が現れたらしいんです。浅草の姥ヶ池近くに、往生院という小さな寺がありまして、そこで住職に一両のお布施を渡し、殺して欲しい相手の素性と理由を話すらしいんですが、そのときに住職が頷くと、ひと月以内に相手の首が仕置場に晒されるんだそうです……」

「ようするに、殺しを受けるか受けないかは坊主次第で、誰でも殺すというわけではないということだな」

「はい」

「佐助は、源蔵を殺ったのは死神といいたいようだが、根拠はあるのか」

正直な気持ちをいえば、虎庵にとって外道と殺し屋の話なぞうんざりだった。

源蔵は庇いようのない、殺されて当然の外道なのだ。

町奉行所の吟味こそ省かれたが、殺されるのは時間の問題だったはずだし、源蔵殺しが死神の仕業だったとしても、町奉行所の仕事で風魔の問題とは思えなかった。

「根拠は死神坂というひと言です」

「死神坂?」

「遊女の話によれば、死神の殺しは必ずどこかの坂で行なわれ、その際、殺す相手に『ここが死神坂』と告げることから、『死神』と呼ばれるようになったそうです」

「ふーん、坂で敵より上に立って迎え撃つのは、兵法の常道だろう。ほかに理由はないのか」

「狙われた者は侍が殺し屋の死神と悟るや、口々にいい訳をして命乞いをするそうです。すると死神は『良く喋る口だな』といって、口に切っ先を突っ込んで両頬を切り裂いてから首を斬る……」

「なんだ、獅子丸がいったとおりじゃねえか。なんだか芝居がかった話だが、源蔵の死に様そのものということは、死神の仕業と考えて間違いねえだろう。だが佐助、俺はひとり殺して一両ってのが、どうしても腑に落ちねえんだ。いくらなんでも安すぎやしねえか」

「二八蕎麦なら二百五十杯、ウナギの蒲焼きでも二十人前、貧乏人にとって一両は大金ですよ」

「頼む方はそうだろうが、殺しとなれば引き受ける側だって命がけだぜ。源蔵を殺ったのは二人組だというし、話を受けた寺の取り分もあると思えば、たったの一両じゃ間尺があわねえだろう」

「獅子丸の話では、死神は源蔵が差し出した小判に目もくれず、拾いもしなかったということは、ハナから金が目的じゃねえんじゃねえですか」

「幕府の隠密じゃあるめえし、殺し屋の目的が金じゃねえって、そんな馬鹿な話があるかっ」

呆れた虎庵が吐き捨てたとき、庭先で聞き慣れた声がした。

三

姿を現わしたのは、角筈一家の金吾親分だった。

三十歳そこそこで内藤新宿一のヤクザ一家をあずかり、江戸のヤクザの頂点に立つ金吾は、背が高いが目鼻立ちの整った、誰が見てもヤクザの大親分とは思えない、歌舞伎役者のような優男だ。

縞の着物を着崩した金吾は、手にした二升の通い徳利を軽々と掲げた。

「おっ、ちょうどいいところにきた、お前さんも話は聞いていたんだろ」

「ええ、まあ一応……盗み聞きしたわけじゃねえんですが、死神だ、殺しだ、隠密だって、ずいぶん物騒なお話ですね」

「ならば金吾親分の意見を聞かせてもらおうじゃねえか」

虎庵は縁側に上がった金吾に手招きした。

「先生、殺しの代金一両が、安いか高いかってことですか」

「そういうことだ」

「いきなりきつい質問ですね。あっしらヤクザは、弱きを助け強きを挫く任侠の徒です。殺るときはタダでも殺るし、千両もらっても殺らねえ相手もある。殺しは銭金の多寡じゃねえということにしておきましょうか」

金吾も死神の噂を知っているのか、どこか冗談めかしていった。

「なるほどな、それなら死神はヤクザということにならねえか」

「先生、ちょっと待ってくださいよ。風魔が天誅を下すのだって、銭金のためじゃねえでしょう」

図星を突いた金吾に、虎庵はニヤリと笑った。

「ああ、風魔の天誅は正義の鉄槌、銭金など問題じゃねえ」

「死神が何者かは知りませんが、問題は町奉行所です。あっしの知る限り、死神が江戸に現れたのは二年前のことですし、仕置場の獄門台に晒されたわけのわからねえ首は、百を超えているんです。それなのに、捕り方が死神捕縛に動いているって話を聞いたことがねえんです」

「なんだって？　町奉行所が死神に目こぼしをしているのか」

虎庵は苦笑いした。

「先生、南北町奉行所には与力が各二十五騎、同心が百人ずつの合計二百五十人。たったこれだけの人員で、町民だけでも五十万人を超える江戸の治安を守れるなど、幕府だってハナから思っちゃいねえでしょう」

「わからねえぜ、侍の考えることは」

「あっしがわからねえのは、五代将軍の綱吉様がせっかく中町奉行所を作ってくれたってえのに、いまの将軍様は中町奉行所を潰しちまいやがったことです」

「俺は幕府の財政難が理由と聞いているが……」

「つまり将軍様は、江戸市民の安全より銭金ということでしょう。殺し屋といえば聞こえは悪いが、江戸の悪党を始末してくれる死神は、町奉行所や幕府にとって都合のいい、金のかからねえドブ掃除人なんですよ。町民にとっても死神は、何かにつけて銭金を要求するだけで、何もしてくれねえ町方より、ずっと頼りになる連中といえませんかね」

南町奉行所の大岡越前が聞けば、その場で手討ちにされそうな話だが、虎庵は金吾の考え方が、江戸に住む貧しい町民の総意なのだと思った。

金吾が手にした二升の通い徳利を見て、すかさず台所に走った亀十郎が、茶碗とスルメを盆に載せて現れた。

「死神は必要悪か……」

虎庵が亀十郎から受け取った茶碗に、金吾が酒を注いだ。

「先生、いっちゃあなんですけど、町奉行所も大岡様も、将軍の改革とやらの尻ぬぐいでてんてこ舞い、頭のなかにゃ死神の死の字もねえはずですぜ」

「あり得る話だな。佐助、そうなるとこれ以上、俺たちが源蔵殺しを詮議したところで、意味がねえんじゃねえか。獅子丸、ほれ、上物の下り酒だ、美味いぜ」

虎庵は獅子丸にも茶碗を手渡した。

「先生、そう慌てて結論づけることもねえでしょ。もう少し死神とかいう連中を調べてみましょうよ。ねえ、佐助さん」

金吾がすかさず、獅子丸の茶碗に酒を注ぎながらいった。

「ええ、なんなら明日にでも、私が姥ヶ池近くの往生院に出向いてみますんで、死神の件は、とりあえずあっしらに預けていただけませんか」

虎庵はこれ以上、江戸の殺し屋と関わるつもりはないが、佐助と金吾の気持ちがわからないわけではなかった。

風魔の遊郭商売も金吾のヤクザ商売も人の怨みをかう商売だけに、死神がその怨みをたったの一両で晴らしてくれるとなれば、風魔もヤクザも命がいくつあっても足りなくなるし、商売もやりにくくなる。

死神が江戸に登場して二年、それを承知で町奉行所が死神に目こぼししているとなれば、敵は町奉行所と幕府ということを風魔の佐助も、江戸のヤクザを仕切る金吾も、それをすでに感じているということなのだ。

「わかった。この件は、お前さんたちにまかせるよ」

虎庵は飲み干した茶碗を差し出した。

「先生、あっしはそこの摩利支天で待ってる子分に渡す物がありやして、今夜の所はこれで失礼させていただきやす」

「何か用があったんじゃねえのか」

「いえ、明日、出直してきやす」

何やらややこしい空気を察した金吾は、気を利かせて席を立った。

虎庵が佐助とともに、門前で金吾を見送ったのは、暮れ五つ（午後八時）を四半刻ほどすぎたところだった。

佐助たちや金吾と、ずいぶんと長い間話していたような気がしたが、わずか四半刻程度のことだった。

東の空で響いた乾いた破裂音に、虎庵が空を見上げた。

あたりには川風に流されてきた硝煙の臭いが、かすかに漂っている。

「佐助、お前さんと初めて会った年も、確かやたらと花火が打ち上げられたよな」

「そうですね。大川で花火が打ち上げられるなんて、あの年以来ですから五年ぶりです。時が経つのは早いものですね」

「そうだな」

開府以来、江戸は度重なる大火に見舞われ続けてきた。

その度に莫大な出費を強いられてきた幕府は、火災の原因になる花火の販売は厳しく規制してきた。

ましてや大量の火の粉が降り注ぐ、大掛かりな打ち上げ花火など、よほどの慶事でもない限り許可されないし、仮に許可されたとしても、打ち上げ場所は大川の川面に限定されるのが慣例となっていた。

後に吉宗によって許可される隅田川の川開きと、三ヶ月におよぶ連日の打ち上げ花火が江戸の名物になるのは、八年後の享保十八年のことだ。

虎庵がもう一度、暗い夜空を見上げると、背後で女の声がした。

「あら珍しい、打ち上げ花火みたいですね」

息子の翔太の治療を終えた母親のお絹が、子供の手を引いて夜空を見上げた。

その脇では治療をした愛一郎が、包帯の取れた翔太が元気に歩く様子をじっと見守っている。

長屋の子供たちと遊んでいるときに転倒し、脚に大怪我を負った翔太が良仁堂に担ぎ込まれたのはひと月ほど前の昼下がり。

翔太の右足は骨には異常なかったが、脛に沿って六寸もの裂傷を負っていて、虎庵が三十針ほどの縫合を施したのだが、今夜、ようやく包帯が取れたばかりだった。

「え？　花火？　虎庵先生、おいら、見物にいっても平気かな」

花火見物といえば、大人でも浮き足立つ。

子供の翔太が心を躍らせ、目を爛々と輝かせるのも当然だった。

だが虎庵は何も応えず、母親のお絹を見た。

なぜなら母親のお絹は、今回の翔太の怪我でおっちょこちょいでそそっかしい、お調子者という息子の性格を危惧し、この機会にきっちりとお灸を据えて我慢を教えたいと、虎庵に相談した。

虎庵はそんな母親の思いに応え、翔太に対して、

「いいか、包帯が取れるまで、絶対に走ってはいけない。もしいいつけを守らずに走って再び傷口が開いたら、今度は脚を切らなきゃならねえんだからな」

と厳命した。

まだ七歳の翔太は、目に一杯涙を浮かべて頷き、この一ヶ月、必死でいいつけを守り続けていたのだ。

とはいえ子供は子供だ。

お絹が口にした「花火」という言葉を聞いた瞬間、おっちょこちょいでそそっかしい、お調子者の翔太に戻っていた。

「翔太、絶対に走ってはいけませんよ」

「うん」

気もそぞろに東の空をみつめる翔太は、お絹のいいつけにもどこか上の空で応えた。

そんな翔太を誘うように、再び花火の破裂音が鳴り響いた。

翔太はたまらずお絹の手を振りほどき、満面の笑みを浮かべて通りへと飛び出した。

だがそのとき、右手の塀際から疾走する巨大な影が飛び出し、あたりに骨が砕ける不気味な音が鳴り響いた。

疾走してきた馬に刎ね飛ばされた翔太の小さな体が、大きな弧を描くように中空を舞った。

翔太の細い首はあり得ぬ角度で折れ曲がり、後頭部が背中に張り付いている。

虎庵は翔太の即死を察した。

愛一郎が二間ほど先の地面に叩きつけられた翔太に駆け寄り、佐助がすぐさま逃げ去る馬を追った。

だが相手が馬では風魔の脚でも敵うわけもなく、佐助は五間（九メートル）ほど走ったところで諦め、巨大な馬の尻にめがけて、得意の小柄を投げつけた。

確かに手応えはあったのだが、小柄の一撃を鞭と勘違いしたのか、馬は疾走する速度を増した。

あっという間に姿は闇に消え、蹄の音だけがいつまでも虚しく響いていた。

「亀甲に花菱……」

馬上の侍の羽織に配された家紋の名を呟いた佐助がお絹の絶叫に振り返ると、翔太の小さな体を抱きしめるお絹の脇で、虎庵が小さく首を左右に振っていた。

お絹に抱かれた翔太の首の骨は完全に折れ、力無くグラグラと揺れていた。

「先生、小柄が馬に命中した手応えはあったんですが……」

「顔は見たのか」

「いえ、馬上の侍は頭巾を被っておりまして、見えたのは背中の家紋だけでした」

「家紋？」

「はい、亀甲に花菱です」

「それだけじゃどうにもならねえが、とりあえず番屋に走ってくれ」

「はい」

踵を返した佐助は、広小路に面した黒門町の番屋に向かって走った。

四

小半時（十五分）後、岡引きと下引き、佐助の三人を引き連れた南町奉行所常廻同心の鮫島源吾が、門前で待つ虎庵の前に現れた。

小柄でずんぐりむっくりとした鮫島は、ゲジゲジ眉毛にドングリ眼。正面から見ても丸見えの鼻の穴と、やけに分厚い唇が印象的だった。

「虎庵先生、事情は佐助に聞いたが、出合い頭の事故で間違いねえな」

「ええ、馬に刎ね飛ばされた翔太は、首の骨が折れて即死でした」

「そうか。江戸の各藩邸には三千を超える騎馬がいてな、毎月のように騎馬と人の事故が起きてるんだ。仏はどこだい？」

「診療部屋に運んであります」

「そうか。で、馬に乗っていたのは侍で、先生も見たんだな」

「いや、一瞬のことで、そこまでは確認していない」

虎庵は事実だけを正直に答えた。

「この夜中に馬を疾走させるなど、侍以外に考えられねえだろ。ま、それはともかく実際に馬を追った佐助の話では、馬上にいたのは覆面で顔を隠した侍で、亀甲に花菱の紋付きを羽織っていたそうだ。武家の家紋が何種類あるのか知らねえが、この江戸には五十万人を超える藩士と旗本、御家人がひしめいていやがる。家紋くらいじゃどうにもならねえぜ」

鮫島は何かを待つように、右手に持った十手で首筋をトントンと叩いた。

それを見た愛一郎がすかさず鮫島に近寄り、耳元で何ごとかを囁いた。

そして大きく開いた鮫島の右袖口に、懐から取り出した紙包を放り込んだ。

「うむ。この手の事件は、たいがい被害者の泣き寝入りと相場は決まっているが、俺の方から評定所には届けておくことにする。それでいいな」

「はい。それで結構です。それでは仏の所にご案内します。どうぞ」

愛一郎は鮫島を玄関に促した。

袂の重さに気をよくした鮫島の豹変振りに、虎庵の脳裡に「泣き寝入り」の五文字が浮かんだ。

「ところで先生、死んだ子供ってのは……」

鮫島が突然振り返った。

「次郎兵衛長屋に住んでいた元中町奉行所同心、福田政次郎の嫡男翔太郎……」

「ええ？　翔太坊は中町のゲロ政の倅だったのかい」

「翔太の本名は福田翔太郎で、翔太というのは通称です。旦那、ゲロ政ってのは」

虎庵は初めて耳にした名に首を傾げた。

「俺たちの符牒で、ゲロが自白ってことはわかるな」

「ええ」

「奉行所の取り調べは、基本的に拷問は禁じられているんだが、罪状によっては拷問が許されるんだ。でもよ、普通の同心は拷問なんてやったことがねえから、責めすぎて殺しちまうことも珍しくなかったのよ」

「そりゃあ、そうでしょうね」

「それで五代将軍綱吉様が、中町奉行所を設置した折にどこからともなく連れてきた拷問掛の同心を五人ずつ、各奉行所に配置することになったんだ。こいつらの責めは凄まじくてな、大概の野郎は必ずゲロっちまうんだ。それで俺たちはその五人組のことを裏で『ゲロ組』と呼んでいたんだが、中町奉行所の福田政次郎はそのゲロ組ののひとりだったんだ」

「それでゲロ政ですか」

「そういうことだ。噂じゃ福田は労咳病みでな、中町奉行所が廃止される直前に姿を消しちまったんだが、あの翔太坊が福田の倅だったとは知らなかったぜ。あの美人で名高かった内儀……」

「お絹ですか」

「おおっ、そのお絹はどうしたい。相変わらず、いい女なんだろうな」

鮫島は人差し指で鼻の下をさすった。

「旦那、お絹さんといえば、次郎兵衛長屋でも身持ちの堅さで有名なんだ。つまらねえことは考えねえほうが、身のためですぜ」

「身のためだと？」

「まあまあいいから、お絹は仏と一緒に診療部屋にいますから」

「そうか、一応これもお役目だ。確かめさせてもらうぜ」

鮫島は急ぎ足で良仁堂の玄関に向かった。

通りいっぺんの気のない事情聴取を終えた鮫島が、良仁堂を後にしたのは小半時後のことだった。

ろくに翔太の遺体を調べるわけでもなければ、泣き崩れるお絹に何を聞くわけでもなく、診療部屋で煙草を一服しただけのことだった。

仮に翔太を殺した侍がわかったところで、翔太の不注意による飛び出しが原因の、事故で処理されることは目に見えている。

評定所にしても、下手人がどこぞの大藩の藩士であろうものなら、そこは武士同士のことだ。

騒動にならぬよう阿吽の呼吸で忖度し、事件を握りつぶす。

——ただそれだけのことか。

鮫島を玄関まで見送った後、厠で用をたす虎庵の脳裡に、昼間、佐助たちからきいた「死神」の二文字が浮かんでは消えた。

書院に戻ると、佐助と亀十郎、愛一郎が待っていた。

「先生、下手人を見つけるのは難しそうですね」

佐助がいった。

「騎馬と町人の衝突事故といえば、被害者の町人の泣き寝入りってのが通り相場だからな。ところで佐助、日本堤で軒を並べる蹴飛ばし屋は、えらく繁盛しているようだが、この江戸にはどれくらいの馬がいるんだ」

蹴飛ばし屋とは、桜鍋と呼ばれる馬肉鍋を食べさせる店のことで、江戸の遊び人の間では、桜鍋を食べて精を付けてから吉原に向かうのが粋とされていた。

「蹴飛ばし屋は十軒ほどですが、馬の数までは……」

困惑気味に首を傾げる佐助を横目に、虎庵が煙管の雁首を煙草盆の火種に寄せたとき、帰ったはずの金吾が庭先に現れた。

「すみません。ちょいと忘れ物をしちまいました」

「忘れ物？　まあ上がってくれや」

「へい」

金吾は書院に上がると、一目散に違い棚に向かった。

そして置きっぱなしになっていた、煙草入れを懐に納めながら虎庵の前に座った。

「ずいぶん、大切なもののようだな」

「大した代物じゃねえんですが、先代から頂いた金細工の煙管が入っておりやしてね」

「ほう、ご禁制の金細工じゃ、滅多なところでなくすわけにはいかねえな」

「そういうこってす。ところで先生は、こういうものに詳しくねえですか」

金吾は懐から取り出した薬籠を虎庵に渡した。

薬籠は印籠に似ているが、三段から四段重ねの構造になっていて、何種類かの複数の薬を携帯できるようになっている。

「ほう、薬籠か。金吾親分にしちゃあ、珍しいものを持っているじゃねえか。こいつも先代の遺品かい」

虎庵は金で亀甲に花菱の家紋の蒔絵が施された、漆塗りの見事な薬籠を手にした。

「先代ってのは、下品で欲深なゲス野郎でしたからね、こんな代物に大枚はたくような玉じゃありませんよ。こいつはね、さっきそこの摩利支天様んところの横丁の角で拾ったんです」

「拾った？」

摩利支天といえば、さっき侍の騎馬が逃げ去った方角にある。

虎庵と佐助が顔を見合わせた。

「あれあれ、嘘じゃありませんよ。あっしは持病なんてねえし、うちの家紋は鷹の羽のぶっちがいですからね」

「親分、そうじゃねえんだ……」

虎庵は少し前に起きた、翔太の事故の経緯を説明した。

「背中に亀甲に花菱の家紋の入った羽織を着た侍ってことは、先生、この薬籠はその野郎が落としたものかもしれませんね」

「そういうことだ」

「しかし亀甲に花菱なんざ、珍しくもねえしなあ。まあ、薬籠を持っていたということは、持病持ちってくらいしか、俺にはわかりませんよ」

金吾は首を傾げた。

「持病持ち？　そうか」

虎庵は手にした薬籠の紐をゆるめ、中から白い薬袋をつまみ出した。

「何の薬ですかね」

「ちょっと待ってくれ」

虎庵が包みを開くと、茶色っぽい粉末が現れた。

粉の匂いを嗅いで頷いた虎庵は、小指の先に付けた粉末を舐めた。

「んん？」

よほど苦いのか、虎庵は満面に皺を刻んだ。

見つめる金吾たちの喉元から、次々と生唾を飲む音が聞こえた。

「コウジュ散だな」

虎庵は愛一郎が差し出した茶で口をゆすいだ。

「先生、コウジュ散っていったら、暑気防ぎの薬ですよね」

愛一郎が、拍子抜けした口調で訊いた。

「こいつはナギナタコウジュという草を粉末にしたものなんだが、どこでも買えるものだし、なにより効果がねえ」

虎庵の説明に、愛一郎と金吾、亀十郎がガクリと肩を落として溜息をついた。

三人は薬が特殊なものなら、出所も持ち主も簡単に洗い出せると期待していたのだが、それは虎庵も一緒だった。

　すると、黙って話を聞いていた佐助が口を開いた。

「先生、見たところその薬籠は、なかなかのできだと思いますよ」

「ええ？　俺に薬籠の良し悪しなんてわかるわけねえだろが」

　虎庵は薬籠を佐助に手渡した。

「先生、この沈金を見てください、こいつは間違いなく能登の輪島塗で、かなり値が張るはずです」

「輪島塗てえことは加賀、中々の代物ときたら、じゃあ前田様の家中か……」

「先生、それは早計です」

　佐助が手にしていた薬籠に、金吾が手を延ばした。

「あれ？　この髑髏の根付け、どこかで見たことがあるな……」

　今度は金吾が呟いた。

「親分、見たというのは、人が持っているのを見たのか、売っているのを見たのかどっちだい」

　虎庵が前のめりになって訊いた。

「賭場の客、いや死体だったかな……どうにも思い出せねえな」

　金吾は申し訳なさそうに頭を掻いた。

虎庵は薬籠に似合わぬ、下品な木製の髑髏の根付けをつぶさに観察した。形は奇抜だが細工は雑で、名のある職人の手によるものとは思えない。子供か素人の手慰みという評価が妥当で、とても商品になるとは思えなかった。

「まあ、俺たちがここで考えたところで始まらねえや。佐助は明日にでも、その薬籠の出所を当たってみてくれ。親分にはその根付けの方を頼めるだろうか」

「もちろんです。それじゃあ、こいつはあっしが預らせていただきやすんで」

金吾は薬籠から根付けを外し、薬籠は佐助に渡した。

「それにしても翔太は不憫な奴ですね。やっとこ傷がなおったってのに……」

亀十郎が呟くようにいったが、虎庵には返す言葉がなかった。

そんな虎庵を見た佐助が話題を変えた。

「ところで先生、翔太のおっ母さんなんですが、たしか武家の出でしたよね」

「ああ、それがどうかしたか」

「いえ、たったの一年あまりで亭主と倅に先立たれたんですから、滅多なことを考えなきゃいいんですが」

「それもそうだな。お絹は診療部屋で翔太の亡骸と一緒にいるはずだ。佐助、様子を見てきてくれねえか」

虎庵がいったとき、縁側に目刺しとスルメを盆に載せたお松が現れた。

お松はかつて品川一といわれた太夫で、物腰や所作のいちいちに気品と艶やかさが漂う美人なのだが、なぜか野獣のような亀十郎が射止めて夫婦となっていた。

「先生、お絹さんなら、先ほど帰られましたよ。ものもいわずに、なんだか幽霊みたいでした」

「翔太を残して帰った？」

虎庵が佐助を見たのと同時に、佐助は部屋を飛び出した。

五

明け方、厠から戻った虎庵は縁側にいた。

乳白色の朝靄に煙る庭を眺めていると、昨夜、帰ってこなかった佐助が音もなく姿を現わした。

「お絹は、長屋にはいなかったのか」

虎庵が灰吹きに打ちつけた煙管の雁首が、小気味いい音をあたりに鳴り響かせた。

「いろいろ当たってはみたんですが、結局、見つからずじまいでした」

佐助は申し訳なさそうに頭を下げた。

「お前さんが詫びることじゃねえだろう。それにしても困ったお袋様だな、翔太の弔いはどうするつもりなんだ。この陽気じゃ翔太の骸だっていつまでももたねえぞ」

虎庵が二服目のキザミを雁首に詰めようとしたとき、門の方で愛一郎が叫んだ。

「先生、お絹さんがっ！」

声を聞いた虎庵と佐助が門前に走った。

門前で倒れたお絹を抱きかかえた、愛一郎の背中が見えた。

「愛一郎、どうしたんだ」

駆け寄った佐助が訊いた。

「ご覧の通りですよ」

お絹は大川にでも飛び込んだのか、びしょびしょに濡れた着物から流れた水が、三和土に水たまりを作っていた。

玄関から愛一郎の声を聞きつけたのか、助手のお雅が長い黒髪を後ろで纏めながら飛び出てきた。

お雅は香港出身の清国人で、本名は雅雅という。

切れ長な目に広くて丸い知的な額に、美しく伸びた鼻筋、紅を差していなくても、十分赤くふくよかな唇、尖った顎と細く長い首筋が艶やかな美人だ。

お雅は呂宋の病院で看護婦をしていたが男に騙されて香港の娼館に売られ、兵士の慰み者用としてエゲレス軍船に転売された。

しかし気丈なお雅は見廻りの兵士と格闘の末、なんとか軍船からの逃亡に成功して江戸湊に漂着したところを南町奉行所に保護された。

逃亡の際に受けた背中の刀傷は重く、南町奉行大岡越前は治療のためにお雅を良仁堂に運び込ませた。

それがきっかけで良仁堂の手伝いをするようになるのだが、お雅はよほど語学の才に恵まれていたのか、一年足らずで流暢な日本語を使うようになっていた。

佐助がそんなお雅に一目惚れしたのも当然で、いまでは佐助の女房となっていた。

お雅がお絹の頬をピシャピシャと叩くと、お絹はわずかに意識を取り戻し、何ごとかを囁いた。

「この人を診療部屋に運んで下さいっ！」

お雅がお絹の様子から何を察したのかはわからないが、虎庵と佐助、愛一郎は、ともかくお雅の指示に従った。

「佐助さんはお松さんを呼んできて。愛一郎さんはお風呂の用意をお願いします。先生は、その人を立たせてください」

愛一郎と佐助が診療部屋を出たのを確認すると、お雅は虎庵が立たせたお絹の帯をほどいて全裸にした。

「先生、そのまま診察台に寝かせて下さい」

診察台に横たわるお絹の青筋が浮かんだ乳房、わずかに膨らんだ下腹部を見た虎庵は、お絹の妊娠を察した。

「おい、お雅、まさか……」

「いいから先生は、両手でこの人のお腹を温めてっ」

お雅はそういってお絹の足下にまわった。

虎庵はハエのように勢いよく手の平を擦り、お絹の冷え切った白い下腹部に当てた。

お雅がお絹の両膝を立たせて脚を大きく開くと、お絹の右の太股にわずかだが出血の痕が見えた。

「いや、やめてください、堪忍です……」

お絹が蚊の鳴くような声をあげたが、抵抗する体力はなかった。

お雅は躊躇なくお絹の秘部に、右手の中指を挿し入れた。

「あーっ」

お絹がか細い悲鳴をあげ、シクシクと泣き出した。

「お雅、どうだ。腹の子は流れていないか」

「大丈夫です。子宮の脹らみ具合からすると、五ヶ月といったところでしょうか」

内診を終えたお雅は、手桶の水で手を洗いながら、

「先生、お風呂が沸くまで、この人の体を裸になって温めてあげて下さい」

と、淡々とした口調でいった。

「ええ？　お、俺がか？　お絹は意識があるんだぞ」

「わかってますよ。この美しい顔と体を見てください。愛一郎さんには目の毒だし、医師でもない佐助さんが、この人の体に触れるのは妻として嫌です。さあ、早くっ！」

お雅は異人らしく、日本人なら憚るような自分の気持ちを堂々と口にした。

虎庵はお雅に促されるままに寝間着を脱ぎ、下帯一丁になって診察台に上がった。

そしてお絹の脇で横になると首の下に腕を回し、氷のように冷え切った体を抱き寄せた。

「ああー」

お絹はさっきの悲鳴とは違い、艶めかしい溜息をついた。

しかし虎庵はお絹の体の冷たさに全身が総毛立ち、股間の袋も縮み上がっていた。

「しばらくの辛抱ですからね」

お雅はそういうと、かつて風魔がエゲレス軍と戦った際に接収した、ブランケットという大きな毛織りの布をふたりに掛けた。

「せ、先生……お腹の子のことは……ご内密にお願い……します」

そういったお絹の意識は、全身を包み込む虎庵の体の温もりに遠のき、いつの間にか深い眠りについた。

半刻後、風呂が沸き、お絹を抱きかかえて風呂場に運び終えた虎庵は、そのままそそくさと奥の書院に戻り、縁側に並んで茶を飲んでいる佐助と金吾を横目で見ながら、急いで作務衣に着替えた。

「亀十郎はどうした」

虎庵も縁側に座り、茶碗に土瓶の茶を注いだ。

「はい、薪が足りねえとかで、裏庭で鉈を振るってますが、先生……」

佐助はかすかに鼻をならすと、虎庵の全身から漂う女の移り香に気づき、思わず言葉を飲んだ。

金吾もわざとらしく、あらぬ方向を見ている。

「バーカ。俺はお前の女房殿の命令で、氷のように冷えちまったお絹の体を温めてやっていたんだよ」

「お雅の命令？」

佐助は訝しげに虎庵を見た。

「そうだよ。どうやらお絹は、身投げをしたようだが死にきれず、ずぶ濡れでここまで戻ってきたようでな、体が氷のように冷え切っていたのよ。それを察したお前の女房殿がだな、お絹の素っ裸は愛一郎には目の毒で、佐助さんがお絹さんの体に触れるのは嫌、とかぬかしやがったんだよ」

虎庵はお雅の声色を真似ながら忌々しげにクンクンと鼻を鳴らし、両腕の匂いを嗅いだ。

「佐助さんがお絹の体に触れるのは嫌……ですか。へへへ、羨ましいこってすね」

金吾が佐助を見てニヤツキながらいった。

「金吾親分、佐助は吉原の総籬、小田原屋の番頭頭様だぜ。その女房殿が目を吊り上げて、『佐助さんが、この人の体に触れるのは妻として嫌です』なんてぬかしやがったんだぜ。俺は自分の耳を疑ったね」

虎庵は再びお雅の声色を真似ると、大袈裟に右手の人差し指で耳の穴をほじった。

「先生、もう勘弁してください。勘違いした私が悪うございました」

佐助がペコリと頭を下げた。

「そうだ、わかりゃいいんだ、わかりゃあな。それじゃあついでに教えてやるが、お絹は子を孕んでいやがった」

虎庵はお絹に口止めされていたことを忘れ、つい口走ってしまった。

「え？」

佐助と金吾が声を揃えた。

「先生、お絹さんってのは、たしか去年の流行風邪で亭主を失い……」

「そうだ佐助。正確にいえば九ヶ月前に後家になった」

「てえことは、死んだ旦那の忘れ形見……」

「違う」

「ええっ？」

「お絹の腹の脹らみ方は五ヶ月程だ。あれが死んだ旦那の子なら、幽霊の子供ということになっちまう」

「まさか……、次郎兵衛長屋のお絹さんといえば、その美しさと身持ちの堅いことで評判なんですよ」

佐助は納得できないという面持ちで虎庵を見た。

「佐助、お前さんは翔太の親父の福田政次郎が、ゲロ政と呼ばれていたことを知っているか」

「ゲロ政？　知りません、中町奉行所の元同心だったことは聞いてますが……」

「佐助さん、町方同心で仇名にゲロがつくということは、そのお人が拷問掛だったということです」

金吾は声を潜めていった。

「さすがに親分はなんでも知っているな。しかしわからねえのは、福田政次郎は中町奉行所が廃止される直前、労咳を理由にお役御免になったって話だ」

「労咳って、ゲロ政が死んだのは去年で、流行風邪が原因じゃなかったんですか」

「奴の最期を看とったのは俺だし、死因は痰を喉に詰まらせての呼吸困難だ。ゲロ政は小太りで血色もよかったし、絶対に労咳持ちなんかじゃなかった」

「どういうことですかね」

佐助は眉を八の字にし、困惑した表情で虎庵と金吾を見た。

「佐助、ゲロ政が奉行所を辞めた経緯にしろ、お腹の赤子の父親にしろ、お絹には俺たちにはわからねえ、暗い闇があるってことだ」

「そんなもんですかね」

「そんなもんだよ。さあて、俺は仕事にかかるぜ」

聡明で冷静沈着な男にはありがちな話だが、佐助もまたご多分にもれず、人の気持ちや情に疎かった。

虎庵はそんな佐助を振り返りもせず、診療部屋に向かった。

案の定、診療部屋では意識を取り戻し、身支度を整えたお絹が待っていた。

「先生、お雅さん、お腹の子のことはくれぐれもご内密にお願いします」

「ご内密にって、あと四ヶ月もすれば生まれるんですよ」

お雅は何かを察したのか、厳しい口調でいった。

「そのようなことをいわれましても……」

お絹は見たこともない、能面のような無表情で視線を外した。

「お絹、まさかお前さん、腹の子を流すために……」

虎庵の問いに、お絹は両手で顔を覆って泣き崩れた。

だがお雅はお絹の嘘泣きを見抜き、厳しい口調で問いただした。

「お絹さん、あなたの旦那様が亡くなったのは九ヶ月前、お腹の子が旦那様の忘れ形見なら、来月には産まれるはずです」

だがお絹は泣いたまま何も答えようとしない。

「お絹、なんなら相談に乗るぜ」

情にほだされた虎庵は、ついお絹に優しい言葉をかけたが、お雅は畳みかけるように追及した。

「子供を水にしようとしたということは、お絹さんは相手の男から産むなといわれているの？」

すると泣き崩れていたはずのお絹が両手をおろし、再び能面のような無表情になった。そして、

「あんたに何がわかるってんだよっ！」

思いもかけぬはすっぱな言葉使いで喚いた。

「お絹、きついことを聞いたのなら許してくれ。だが俺もお雅も、人の命を救うため

に医術にたずさわっているのだ。その俺たちが子を産まずに流すなど、聞き捨てにできぬ気持ちもわかってくれ」

「うるせえって、いってんだよ。あたしが子を産もうが堕ろそうが、あんたたちには関わりのねえことだっていってんだよ。先生、もしあんたがお腹の子のことを誰かに話したら、死神にあんたを殺してもらうからね。冗談じゃねえってんだよっ」

お絹は般若のような形相で吐き捨てると、凄まじい勢いで診療室を飛び出した。

「先生、あれが女の本性なんですよ」

熱い溜息をつき、呟くようにいったお雅の頬に涙が伝った。

六

良仁堂の診療時間は朝の五つ（午前八時）から七つ（午後四時）までで、診療は並んだ順で行なわれる。

治療費や薬代は患者からの心付けが基本で、大根やアジの干物を置いていく者も珍しくない。

吉原という日本一の遊郭で、売られてきた女の体に大金を稼がせている風魔の統領が考えた、せめてもの施しだった。

「先生、お絹さん、恐ろしい形相で出ていきましたが……」

門前の掃除から戻った愛一郎がいった。

「愛一郎、気にするな。それより流行風邪の具合はどうだ。大分沈静化したとは思うのだが」

虎庵は診療部屋の隅で、治療道具の手入れをしながら聞いた。

「門前には十人ほど並んでいますが、風邪っぴきは三人ほどです。ただ……」

「ん？　ただどうした」

「雨がぱらつき始めましたので……」

「愛一郎、それがわかっているならなぜ門を開けぬ。ここにくる患者の多くは傘も買えない貧乏人だ。お前は病人が冷たい雨に打たれれば、どうなるかもわからねえのかっ！」

「す、すみません」

愛一郎は慌てて診療部屋から飛び出した。

愛一郎は病に侵された母親に何もしてあげられず、死んでいくのを見ているしかなかった哀しみと後悔から医術の道を目指した。

動機が動機だけに、愛一郎は虎庵の弟子になると、寝る間を惜しんで蘭学書を読みあさった。

そして五年にわたる助手生活で経験を積み、大掛かりな手術をのぞけば蘭方医として通じる成長を見せていた。

だが風魔の統領が師ということもあるのだろうが、愛一郎は常に指示を待つ癖がつき、常に虎庵の心中を忖度するばかりで、みずから行動しようという気持ちが決定的に欠けていた。

風魔に生まれた男は、鉄の掟に縛られて自由を失う。

だが掟を守り、先輩に従っていれば、貧しさとは無縁の暮らしが約束されていた。

そういう意味では風魔も武士と変わらないが、風魔では日々の努力と成果によって幹部にもなれるし、風魔所有の大店を任されることもあるのだ。

愛一郎は間違いなく優秀な人材だが、虎庵はこの一点において気に入らなかった。

ほどなくして本日の患者のひとり目、お絹と同じ次郎兵衛長屋に住むお熊が、ずかずかと診療部屋に入ってきた。

今年五十歳になったお熊は、虎庵を「お役者先生」といって慕い、明け六つには薄化粧を済ませ、いの一番に門前に並ぶのが良仁堂開所以来の日課になっていた。

問題は虎庵が診る限り、おしゃべりでお節介焼きな性格以外、どこにも悪いところはないことだった。

「お熊、今日は、たしか右の乳が張っているはずだったな」

「え？　先生、なんでわかるの……」

お熊は怪訝そうな顔をして丸椅子に座ると、さっさと自分から胸元を開いた。

年齢の割には張りのあるふたつの乳房が、胸元からこぼれ出た。

「お前さんの顔に、そう書いてあるんだよ」

虎庵はプロシア製の水牛の角で作った聴診器を耳に当てた。

毎日、虎庵の前にいの一番で座るお熊は、右のおっぱい、左のおっぱい、右の尻っぺた、左の尻っぺた、そして下腹部の不調を日替わりで訴える。

今日が右のおっぱいの日であることは、虎庵も愛一郎も理解していた。

「どれどれ、このあたりかな」

虎庵は左手で、お熊の右の乳房をゆっくりと優しく揉み始めた。

すでに十回以上もお熊の乳房の触診をしてきたが、案の定、小さなしこりひとつ無く正常そのものだ。

「先生、もう少し先っぽです」

お熊はいつものように、そういって熱い溜息をつく。

診療部屋の隅でそれを見ていた愛一郎が、肩を細かく震わせながら笑いを堪えた。

「ふうむ、このあたりかな？」

虎庵は堅く尖ったお熊の乳首を聴診器の縁で弾いた。

するとお熊は、艶めかしい声を上げて腰をもじもじとさせ始めた。

「よし、なんでもねえ」

これも功徳と思ってのことだが、待合室では本当の怪我人や病人が待っている。いつまでもお熊の相手をしているわけにもいかなかった。

「あれ？　もう終わりですか」

お熊は不満げにいって胸元を整えた。

「ああ、お前さんは健康そのもの、どこも悪くねえぜ」

「先生、あたしの病はね、草津の湯でも治らない恋の病なんだよ。治すには、先生のお情けを頂戴するしかないんだけどねえ……」

お熊は虎庵に色目を使った。

「馬鹿なこといってんじゃねえ。それよりお熊さん、あんたを見込んで聞きてえことがあるんだがな」

「え？　あたしを見込んでって、なんだい？」

お熊の表情がパッと明るくなった。

「じつはお絹さんのことなんだ」

「ああ……翔太坊のことは可哀想だったけど、お絹ちゃんがどうかしたのかい？」

お節介焼きのお熊にしては、虫けらのように殺された翔太への悼みや哀しみなど、微塵も感じられない突き放した口調だった。

「半年ほど前からだったかね、お絹ちゃんが小さな翔太坊をひとり残し、夜な夜な家を空けるようになったのは」

お熊は不機嫌そうにいった。

「なんか、事情があったんだろ」

「先生も馬鹿をおいいでないよ。あれだけの器量良しの後家さんが、十日に一回家を空けるとなりゃ、男ができたに決まっているじゃないか」

案の定、お熊は訊いてもいないことを話し始めた。

「相手は誰だい」

「それがわかりゃ苦労しないよ。まさかお絹ちゃんを尾けるわけにもいかないしね。さあてお後がつかえているようだし、あたしは帰るとしますかね」

お熊は立ち上がると虎庵に背を向け、大きな尻を突き出した。

「そうかい、ありがとよ」

虎庵がいつものように大きな尻をピシャリと叩くと、振り返ったお熊は満足げな笑みを見せ、大袈裟に腰を振りながら診療部屋を出た。

そのわざとらしさに、虎庵はお熊が何かを隠していることを察した。

昼過ぎ、内藤新宿の鰻屋では、角筈一家の金吾と代貸しの牙次が盃を傾けていた。

牙次の本名は次五郎というが、日本橋の地本問屋に奉公していた頃から血の気が多く、相手がヤクザでも平気で喧嘩を売る、優男に似合わぬ武闘派だった。

身の丈は五尺七寸ほどだが腕っ節が異常に強く、牙次と戦った相手はその執拗な攻撃に、ほとんどが半年は起き上がれぬほどの半殺しにされた。

そんなある日、牙次は自分の女を戯作者に寝取られたことを知り、戯作者の家に殴り込みをかけ、心臓をえぐり出して殺した。

ほとぼりを冷ますために甲州で半年ほど過ごし、江戸の内藤新宿に戻ったところを角筈一家の先代親分に拾われ、ヤクザの道に入ったのだ。

普段は気のいい優男なのだが、出入りとなると必ず先頭をきって敵中に飛び込み、我流の脇差しを振り回し、敵の返り血を浴びれば浴びるほど、顔は能面のように表情を失って残虐性を増すのだ。

そんな時の牙次は、無表情で八重歯をのぞかせる。その表情が角度によって微笑んで見えることから、仲間内で牙次と呼ばれるようになったのだが、以来、本人も好んで「角筈の牙次」を名乗っていた。

「牙次、例の髑髏の根付けの持ち主、わかったかい」

金吾は肝焼きの串を囓った。

「あっしの記憶では、六年前に亡くなった中町奉行所の同心だったと思うんですが、名前まではちょっと……」

「中町奉行所？」

金吾はゲロ政とあだ名された翔太の父親も、中町奉行所の同心だった奇妙な一致に眉根を寄せた。

「中町奉行所が無くなる少し前、喧嘩で百叩きにされたうちの若衆を親分と一緒に鍛冶橋門内の中町奉行所まで引き取りにいったことがあったでしょう。あの時に出てきた同心の、腰にぶら下がってた物に間違えねえと思うんですよね」

牙次は眼前で髑髏の根付けをブラブラさせた。

「ああ、あの時か……」

「象牙ならともかく、こんなちんけな根付けをぶら下げやがってって、いった憶えがあるんですよね」

「中町の与力や同心は、奉行所が無くなった後どうなっちまったんだ」

「それがまったく、わからねえんですよ」

牙次は大袈裟に首を傾げた。

「そうか、面倒臭えとは思うが、とりあえずその線であたってみてくれねえか」

「わかりやした。親分、それはそうと、上方からきた『野茨組』という盗賊一味が、昨夜、品川の『万安楼』という遊女屋を襲ったそうです。ただ……」

「どうしたい」

「それが万安楼から逃げてきた遊女の話なんですが、あそこの土蔵はハナから空っぽだったみてえで、『こうなったら吉原を襲うたろうやんけ』って捨て台詞を吐いて逃げたみてえなんです」

「吉原だと？　そいつぁまずいな。牙次、根付けの件は頼んだぜ。ちょっくら俺は、虎庵先生の所にいってくるからよ」

　金吾はそういうと席を立ち、ふらつく足で店を出た。

七

　夕刻、最後の患者の治療を終えた虎庵が手桶の水で手を洗っていると、外で腹に響くような雷鳴があった。

　そしてほどなくするとあたりは暗闇に包まれ、桶の水をひっくり返したような豪雨が降り出した。

「愛一郎、派手な雨だな。嵐にならなきゃいいが……」

「ただの夕立ですよ。私は門を閉めて参ります」

愛一郎は玄関へと向かった。

着替えを終えた虎庵が書院に戻ると、懐かしい顔が縁側で煙草をくゆらせ、ひとり土砂降りの雨を眺めていた。

南町奉行所の内与力木村左内だった。

左内は一見優男風だが、身の丈五尺七寸、なかなかの偉丈夫で、普段から黒の紗の一重をキザに着崩している。

普段からべらんめえ口調の無頼を気取っているが、その正体は将軍吉宗が大岡越前の片腕として送りこんだ御庭番だった。

――この男が顔を出したとき、必ずろくでもないことが起きる。

嫌な予感に、虎庵の全身が総毛立った。

「これはまた珍しい旦那のご来訪じゃねえか、どうしたい、拾い食いでもして腹をこわしたか」

「おいおい、二年ぶりに顔を見せたってのに、ご挨拶じゃねえかよ」

左内は振り向かずにいった。

「二年？　もうそんなになるか」

「そういうこった。俺と先生が最後に会ったのは、風魔が丹波黒雲党との決着を付けたときだからな」

「そんなこともあったかな」

「あれから俺がここに顔を出さなかったってことは、この二年、世の中が太平だったということだ」

左内は庭に向いたまま、もうもうたる紫煙を吐き出した。

虎庵は吉宗の命で上海から帰国し、自分が風魔の統領であることを知るや、将軍の座を巡る御三家と旧徳川宗家の暗闘に巻き込まれた。

そしてそれを皮切りに、世を乱さんとする数々の悪党どもに、風魔の正義の鉄槌を下してきた。

虎庵はみずからの天命と正義に則って行動したまでだが、きっかけは常に左内の突然の来訪だった。

左内が姿を現わさなかったこの二年、新田開発に絡んで私腹を肥やした代官、米相場で阿漕に金儲けをした悪徳米問屋二名に天誅を下したが、それ以来一年あまり、虎庵は良仁堂での治療活動が中心となっていた。

「つまり旦那は、俺や風魔をのっぴきならない戦いに引きずり込む、地獄からの使者ということだ。それがまたぞろ姿を現わしたということは……」

「そう、嫌な顔をするなよ」

振り向いた左内は、妙に爽やかな笑みを浮かべていた。

「なにをニヤついていやがる。気持ち悪いじゃねえか」

「なあに、突然、お役御免になっちまい、来月には江戸を離れることになったんだ。袖すり合うも多生の縁っていうから、ちょいと挨拶にきたってわけなんだ」

「お役御免？　奉行所の金に手をつけたのがバレたのか」

「ふふふふ、口が悪いのはあいかわらずだな。ようするに上様の治政も十年を迎えてだな、ようやく江戸が安定してきたということよ。ま、風魔のおかげで徳川宗家と尾張のドブ掃除もできたし、俺たち隠密が江戸で目を光らせる必要もなくなったというわけだ」

「御庭番も楽じゃねえな。で、次はどこだ」

「長崎……」

「長崎奉行所か。てえことは密貿易に抜け荷、オランダとの貿易に絡む悪党どもの大掃除ということだな」

「お前さんもくるかね」

「馬鹿いうな。いっとくが諸藩に貿易を禁じ、利権を独占してボロ儲けしているのは幕府だ。少なくとも俺は、それで良いとは思っていねえからな」

「そんなことはわかってるよ。でなけりゃ俺が、べらべら喋るわけがねえだろう」

左内はそういうと、やけに大きくて重たそうな経木の包みを差し出した。

「なんだ、それは」

「今朝方、知り合いの蹴飛ばし屋が持ってきたんだ」

「蹴飛ばし屋？」

「日本堤の『駒忠』だよ。具合が悪くなった奉行所の馬の下げ渡しで口利きをしてやったんだが、その礼といってこいつを渡されたんだ」

「てことは、桜肉ということだな。おーい、誰かっ！」

生唾を飲んだ虎庵が、大声で人を呼ぶのと同時に襖が開いた。

「左内様、ご所望の品、お待たせいたしました」

酒とつまみの目刺しを用意をしたお松が、丁寧に三つ指をついたとき、庭先に息を切らした金吾がずぶ濡れで駆け込んできた。

「なんだ、金吾じゃねえか。手めえも桜肉の匂いを嗅ぎつけてきやがったか」

「さ、左内の旦那、ありがとうごぜえやす」

金吾は左内が差し出した冷えた茶を、ゴクゴクと喉を鳴らして飲み干した。

「どうしたい、大親分がそんなに慌てて」

虎庵が二杯目の茶を差し出した。

「それが大変なんです……」

「まあ、いいから上がれや」

虎庵の声に、金吾は茶を飲みながら草履を脱いだ。

すぐにお松が用意した、着替えの浴衣と手拭いを差し出した。

「ありがとうごぜえやす。左内の旦那もいてくだすってちょうど良かった」

金吾はその場で褌一丁になると、さっさと浴衣に着替え、虎庵の右手に座った。

「だから、何がどうしたってんだよ」

「左内の旦那、野茨組って盗賊をご存知ですか」

「ああ、上方の盗賊だろ。昔、京を中心に上方を荒らし回った茨組と皮袴組って盗賊がいたそうだが、元禄の頃にそれを真似た盗賊が現れたそうで、そいつらが野茨組を名乗ったそうだ」

「茨組と皮袴組ですか」

金吾は左内が差し出した茶碗を受け取った。

「ああ、素っ裸に真っ赤な褌、頭には荒縄の鉢巻き、水玉の上帯にやたらと長え刀を差し、手にはまさかりや熊手を持って商家を襲うんだそうだ」

「なんだそりゃ」

金吾の茶碗に酒を注ぎながら、呆れた虎庵がいった。

「なんだっていわれたって、しょうがねえじゃねえか。本当のことなんだからよ」

左内は虎庵の茶碗にも酒を注いだ。

「左内の旦那は、昨夜、その野茨組が品川の『万安楼』という遊女屋を襲いやがったのをご存知ですか」

「何？　あれは野茨組の仕業なのか」

「へえ……」

金吾は意外そうな顔で左内を見た。

「女たちは、何人か逃げた者がいたようだが全員無事だった。だがよ、男は体をバラバラにされて皆殺しだった。部屋はどこも血の海で、そりゃあ酷えもんだったぜ。だがその野茨組がどうしたってんだ」

「万安楼の土蔵はハナから空っぽだったみてえで、『こうなったら吉原を襲うたろうやんけ』って捨て台詞を吐いて逃げたみてえなんです」

「親分、ちょっと待ってくれ。佐助っ！」

虎庵の声に襖が開き、佐助が姿を現わした。

「佐助、話は聞いていたな」

「はい」

佐助は虎庵の左手に座った。

「親分、続けてくれ」

「先生、続けるも何も、いまの話ですべてです。野茨組が万安楼を襲ったのは昨夜のこと、一刻も早くお知らせしなければと思って走ってきたんです」

「そりゃあ済まなかったな。佐助、すぐに吉原に戻り、警戒態勢をしいてくれ。対応はすべてお前に任す」

「はい」

佐助は三人の前で立て膝を突いて一礼すると、すぐさま吉原へと向かった。

八

半刻後、虎庵と左内、金吾と亀十郎、愛一郎の五人は、左内が持ち込んだ一貫目（約四キロ）を超える桜肉の鍋を囲み、盛大な歓送の宴の中にあった。

「しかし皮肉なもんだぜ」

「突然、どうしたい」

「いいか、耳の穴をかっぽじって聞きやがれ。上様の幕政改革が進むにしたがい、お城の中もようやく落ち着きを見せ始めた。ところがだ、改革が進めば進むほど、なぜか町奉行所には商人どもが殺到しやがり、借金にまつわる金目のことばかり訴えてきやがる。おかげで奉行所の人員の大半は、町場の事件にはまったく手つかずの状態になっちまってるってのによ」

ほんの少し前まで、ご機嫌にヘラヘラ笑いしていた左内の目が、明らかに座っていた。

左内の酒癖の悪さはいまに始まったことではないが、いつにない豹変振りに一同は息を飲んだ。

「その話はあっしもうかがってます。町奉行所に訴えに出る商人どもは、手めえの訴えを取り上げてもらうために、手当たり次第に袖の下をばらまいているそうじゃねえですか」

話を合わせたのは金吾だった。

「金吾、お前さんがいうとおりだっ。与力も同心も岡っ引きも、袖が引きちぎれるほど賂《まいない》で膨らませやがって、いまじゃ商人どものいいなりだ。あーやだやだ、何でもかんでも金、金、金の、嫌な世の中になっちまいやがってよ」

左内は空になった茶碗を金吾に突き出した。

「そういえば先生よ、ここの門前で子供が馬に刎ねられて死んだ一件があったろ」

左内は手にした箸で門前の方向を指した。

「旦那も知っていたのか」

虎庵は金吾に徳利を手渡した。

「これでも南町奉行所の内与力様だからな。だがいっとくが、あの件はうやむやになるぜ」

「うやむや？　鮫島とかいう常廻同心が、評定所に届けるといっていたが」

「先生、鮫島という男はかったるい顔をしている割に実直な男だ。間違いなく届けられているはずだ。だがよ、ありゃあ侍の乗った騎馬と町人の事故だ。評定所にとっちゃ面倒臭えだけで、どうでもいい話なんだよ」

左内は金吾が満たした酒を一口すすった。

「やっぱり町人は、泣き寝入りするしかねえってことか」

虎庵はお絹が朝、捨て台詞を吐いて出ていってくれたことに感謝した。

左内が話す町奉行所の現実など、とてもお絹には聞かせられなかった。

金吾がいった。

「左内の旦那はこの江戸が太平と仰いますが、江戸の奉行所の緩みっぷりは全国に知れ渡っていましてね、野茨組みてえに田舎の盗賊どもが、大挙して江戸に向かっていることはご存知ですか」

「さすがは江戸のヤクザの大親分、その通りだっ！」

左内は完全に酔いが回ったのか、口をへの字にして頷いた。

「おいおい、聞き捨てならねえ話じゃねえか。お前さんの口ぶりじゃ、お奉行も袖の下をもらい、盗賊どもに見て見ぬ振りをしているみてえじゃねえか」

虎庵が色めき立った。

「お奉行様はな、江戸の物価を下げるのと死神がどうしたとかで、毎日、朝からお城に行きっぱなしだぜ」

「死神？」

「俺がいうことじゃねえとは思うが、物の値段が上がったのは、上様が後先考えずに推し進めた新田開発が原因だ。幕政改革が聞いて呆れるぜ」

酔ってのこととはいえ、左内の露骨な幕府批判に一同は押し黙った。

「左内の旦那、いま、死神といったか」

「ああ、このところ小塚原と鈴ヶ森の仕置場の獄門台に、誰が斬ったのかわからねえが、名うての賞金首からチンケなゴロツキまで、悪党といわれる連中の首が晒され続けていやがる。どいつもこいつも狡賢い奴らでな、殺し、火付け強盗、強姦、空き巣にかっぱらい……やっていることは様々なんだが、なにひとつ証拠を残しやがらねえ。それで俺たち町方や火盗改も手をこまねいていたんだが、どうやら死神とかいう連中が、そいつらを次々と始末してくれているみてえなのよ」

左内は喉を鳴らし、持っていた茶碗の酒を飲み干した。

「大岡様は、その死神についてなんといってるんだ」

「それがよ、お奉行様が俺たちからの報告をありのまま、御老中に報告申しあげたところだ、御老中は『江戸のゴミ掃除ができて結構、しばし下手人の探索は控えて静観せよ』といわれたそうだ」

「老中が静観せよだと」

「ああそうだ。おかげでお奉行は真っ赤な顔でお城から戻るなり、顎髭の剃り残しをむしりまくってたぜ」

大岡が髭の剃り残しを抜くのは、困ったときの癖だった。

「いくら殺されたのが悪党どもといっても、老中までが見逃せってのは妙な話じゃねえか。まさか死神の裏には、幕府のお偉方が関わっているんじゃねえだろうな」

「先生、見逃せじゃなくて、静観せよだ」

「同じことだろうが。死神の正体は御庭番なんていうなよ」

「ありえねえよ。正直なところ、先生は死神について何をどこまで知っているんだ」

左内は虎庵の前に顔を突き出し、酒臭い息を吐きかけた。

「どこまでって、吉原の遊女の間では、たったの一両で殺しを請け負って、きっちり怨みを晴らしてくれるって評判だぜ」

虎庵は浅草の姥ヶ池近くにある往生院という寺が、窓口になっていることは敢えて伏せた。

「一両？　ずいぶん安いじゃねえか。本当か？」

「なんだ、知らなかったのか」

「ま、俺もこのところ忙しくて、死神どころじゃなかったからな」

「とぼけてねえで、死神とやらの正体を教えてくれよ」

「知ってりゃ教えてやりてえが、本当に俺にもわからねえんだ。大岡様は、中町奉行所がどうとかいってたが」

「中町奉行所？　何年か前に廃止になった奉行所か？」

「ああ、大岡様が奉行所内の居間の縁側で、死神がどうした、中町奉行所がどうしたってぶつぶついいながら、例によって髭を抜いていたんだよ。だから俺はそれ以上のことは知らねえのよ」

左内は七輪の上でグツグツと煮えたぎった鍋に、徳利の酒をぶちまけた。

「旦那、つかぬ事をうかがいますが、中町奉行所にいた与力同心はどうなったんでしょうか」

話題を変えたのは金吾だった。

「俺が聞いたところでは、与力同心ともども甲州か日光行きを命じられたみたいだがよ、それがどうかしたか」

「あのう、ゲロ組の連中は……」

「ん？」

金吾の口から発せられた「ゲロ組」という言葉に、左内の目がキラリと光った。

「いえ、あっしたちヤクザは、中町のゲロ組に酷え目にあった連中も多いもんですから、事と次第によっちゃ……」

「金吾、くだらねえことといってんじゃねえよ。手めえ、死神のこと、どこまで知ってやがるんだっ」

声を荒らげた左内は、さっきまでの泥酔振りが嘘のように素面に戻っていた。

どうやら、酔っていたのは振りのようだった。

「そ、それは……」

金吾は口ごもった。

「左内の旦那、そういういい方をされたんじゃ、死神はゲロ組といっているようなもんじゃねえか。つまりあんたは例の如く、上様の命で俺の所にきて、死神とやらの件に風魔を巻き込もうってことなんだろ」

左内の酔った振りに裏を察した虎庵は、呆れたようにいい放った。

「ちょ、ちょっと待ってくれ」

「俺たちはお前さんの長崎栄転話を信じ、祝ってやろうと宴を開いてやったんじゃねえか。その俺たちを騙し、酔った振りをするような野郎のいうことなんか、信用できるかっ」

「そうじゃねえんだ。酔った振りをしたのには、事情があるんだ」

「知らねえな。上様は何度、俺たち風魔を道具にしたら気が済むんだ。今度の敵はオランダか？　島津か？　それとも毛利か？　どうしても風魔を巻き込もうってんなら、俺にも考えがあるぜ」

「先生、そうじゃねえんだ。俺は本当に長崎行きを命じられていて、上様も死神も関係ねえんだ。俺はただ……」

「聞こえねえな」

「老中に静観しろといわれて苦悩しているにもかかわらず、俺に大岡様からひと言もなかったこと、御側御用取次役の加納様も死神については何もいわず、長崎行きを申しつけられたことが気になって、勝手に調べていただけなんだ」

左内は月代に大粒の汗を浮かべ、必死で弁解した。

もし虎庵がいったとおり、今回も左内が吉宗の命で動いているとしたら、ムキになって弁解する必要はなく、虎庵に何をいわれようと、将軍の使いとして堂々とこの場を立ち去ればいい。

だが左内は、虎庵の誤解を解こうと必死だった。

「だったら死神について、知っていることを全部教えてくれよ」

虎庵は左内の言葉に嘘のないことを察した。

「やっぱりだいぶ飲み過ぎちまったようだし、俺は帰るとするか」

左内はそういうとスックと立ち上がった。

「そうはいかねえぜ」

虎庵の声に反応した佐助が、障子の前で通せんぼうをするように立て膝をついて両腕を広げた。

九

左内は観念したように再び席に着いた。

そして額の汗を袂で拭い、懐に右手を差し入れた。

そして取り出した一枚の紙を虎庵に差し出した。

「そいつで小石を包み、三日前、俺の役宅に投げ込まれたんだ」

小さな皺が無数にある紙には、

『五日後、御命頂戴。死神』

と達筆で記されていた。

文面を読み上げた虎庵の声に一同は息を飲んだ。

「お前さんが、死神に狙われているのか。心当たりは」

「俺は町奉行所の内与力で、御庭番だぜ。馬鹿な質問をするんじゃねえよ」

御庭番として奪った命は数知れない。

多忙な町奉行の代行として、裁きを下した罪人も数知れない左内が、怨みをかっていないわけがなかった。

「もう一度いうが、死神について、知っていることを全部教えてくれよ」

虎庵は徳利を差し出した。

「もともと死神が現れたのは五年ほど前、上州でのことだった。上州ってのは空っ風とかかあ天下で有名だが。ようするに機織りをする女が働き者でな、男どもはろくに働かなくても食っていける。そうなると男ってのは馬鹿だから、酒、博打、喧嘩に明け暮れ、ヤクザ者が多くなる。金吾、俺のいってることに間違いはねえよな」

「へい。その通りです。一家の数だけなら、上州は江戸と変わりませんから」

正座して聞いている金吾は、手にしていた茶碗を置いた。

「それだけに上州には、逃亡中の凶状持ちがほとぼりを冷ましに、関八州はもとより西国、九州からも、伝手をたどって集まってくるんだが、五年前の正月、代官所の前に凶状持ちの首が五つ並んだそうだ。そしてそれをきっかけに、上州でのヤクザ殺しが相次いだ。凶状持ちからチンピラまで、まるでヤクザ狩りだったそうだ」

「賞金稼ぎの仕業じゃないのか」

虎庵は煙草盆を引き寄せた。

「俺も最初はそう思ったんだ。だがよ、代官の話では誰も賞金を受け取りに来なかったそうだ。そしてほどなくすると町人の間で、たったの一両で怨みを晴らしてくれる死神の噂が立ち始めたんだ」

「上州での死神騒ぎは、あっという間に全国のヤクザに知れ渡りましてね、上州に逃げ込む凶状持ちはいなくなりやした」

　金吾が遠くを見つめるような顔でいった。

「一両で怨みを晴らしてくれるってことは、江戸の死神と上州の死神は同一と見て間違いなさそうだな」

「ちょっと待ってくれ、先生。この話には続きがあるんだ」

「続きだと？」

「理由はわからねえんだが、上州での死神騒ぎは二年ほど前にピッタリ収まっちまったんだ。そして次に現れたのが……」

「甲州の甲府、去年のことです」

　さすがに金吾はヤクザの事情に詳しかった。

「ヤクザの逃げ場所が甲州に変わり、死神が追いかけたということか」

「先生、それがそう簡単じゃねえんです。結局、身を隠すなら人にまぎれた方がいいってんで、凶状持ちの大半は中町奉行所がなくなって手薄になった、江戸に逃げ込むようになったんです」

「じゃあ親分、なんで死神は甲州に場所を変えたんだ」

「さあ、それぱっかりは……」

金吾は口をへの字にして小首を傾げた。

「先生、上州で死神に殺されたのはヤクザだったが、甲府で殺されたのは、ほとんどが侍でな、それは今も続いているらしいんだ」

「まさか、甲府に山流しにされた甲府勤番の勤番士か」

「ほとんどがな……」

左内は力無く項垂れた。

甲府勤番とは、享保九年、将軍吉宗は甲府藩主で柳沢吉保の嫡男吉里の郡山藩移封を期に、幕政改革の一環として甲州を天領とした。

そして甲州を管理する新たな職制として、老中支配の甲府勤番を新たに設け、甲府城の守護と府中政務や訴訟の処理を務めさせた。

役高は三千石、甲府城内に二名が配置され、配下には江戸で選ばれた与力二十騎に同心五十、勤番士二百名が付けられた。

わかりやすくいえば、甲府勤番は表面上江戸の町奉行所のようなものだった。

しかしその実態は、吉宗が幕府に巣くう悪徳旗本や御家人を体よく江戸から追い出すために設置したもので、旗本、御家人は、勤番士拝命は島流しならぬ「山流し」と恐れていた。

「おいおい、そうなると死神ってのは、やはり将軍が……」

「待て。先生も先刻承知のとおり、上様はやるときには徹底的にやる人だが、不良小役人の始末まで指図する人じゃねえことは知っているだろう。その手の裏仕事となれば、おそらく御側御用取次役の加納様あたりが上様の考えを忖度して……」

左内の奥歯がギリギリと鳴った。

お湯殿掛が産んだ庶子の吉宗が紀州藩主になり、将軍の座にまで上り詰めた奇跡の大出世の裏で、ふたりの兄、父、そして幼い七代将軍が遂げた奇妙な死に、吉宗の陰謀を疑う者は多い。

だが吉宗も、そうなれば陰謀の疑義をかけられることに気付かぬ馬鹿じゃない。

左内がいうとおり、疑うべきは吉宗の守役を命ぜられたのをきっかけに、加納家の部屋住みから、御側御用取次役にまで出世した加納久通だった。

「旦那は、死神の正体は中町奉行所のゲロ組と読んでいるのか」

「ふふふ、さすが風魔の統領だな。俺はただの御庭番で、ゲロ組ができた経緯も、奴らの素性もわからねえ。だからとりあえず、中町奉行所の与力、同心の転出先を調べてみたんだが、その結果、中町奉行所廃止後にすぐに、死んだ五人の同心がいたことを突き止めた」

「そいつらがゲロ組か」

「しかも五人とも出身地の違う浪人者から突然、中町奉行所同心に取り立てられ、役についたことまで一緒だった」

「しかし町奉行所には、いまもゲロ組がいるんだろ。そいつらも同じなのか」

「南北町奉行所にいる、十人の現役ゲロ組について調べたところ、なぜか全員小普請組からの拝命組だった」

「どういうことだ。なぜ中町だけが、浪人出身なんだ」

「もともと中町奉行所は、元禄十五年閏八月、南北町奉行所の補佐役としてできたらしいが、突然のことで正確な目的や理由は俺たちにもわからねえんだ。ただ俺が伊賀組の者から聞いたところでは、中町奉行所も拷問役も、綱吉様の御側用人だった柳沢吉保の肝煎りでできたらしいということだ」

「つまり柳沢は、中町に五人を送り込むために、拷問役を設けたということか」

「そういうことだ。だが、そいつらが死神であり、その背後に御側御用取次役の加納様がいるという証拠は何もねえ。ただの状況証拠、憶測にすぎねえんだ。おっ、いけねえいけねえ」

室内に漂いだした焦げの臭いに、左内はあわてて徳利の酒と水を鍋に足した。

「うーん、確かに証拠はねえし、どこから手を付けたらいいものか……」

虎庵は鍋から、堅くなった桜肉を一切れ摘んだ。

「先生、悩むこたあねえでしょ」

「親分、どういう意味だい」

「いえね、目の前にいる内与力の旦那は、可哀想に明後日までの命なんでしょ。旦那をここに拉致すれば、死神が手めえの方から、殺しにやってきてくれるってことじゃねえですかね」

金吾は鍋に残った桜肉をぶち込むと、虎庵に生卵を渡した。

「なるほど、旦那をこのまま帰さなきゃ、わざわざ死神がこの屋敷にきてくれるってわけだ。なんだ、悩んだだけ損したな」

「先生、やけに嬉しそうじゃねえか」

「そりゃあ、そうだろう。御庭番が両頬を裂かれて首を刎ねられるところなんて、そうそう見られるもんじゃねえからな」

「冗談じゃねえぜ。それに二日間ここから出るなっていわれても、そうもいかねえんだよ。明日は御奉行の代わりに、お白州で吟味をしなけりゃならねえし、明後日の晩は飛鳥山の料亭扇屋で、俺が何かと目をかけてやった江戸の町名主どもが、盛大な送別会を開いてくれることになっているのよ。これも俺様の人徳がなせる業だが、主役の俺が突然断るわけにはいかねえだろうが、ははは」

　左内は威勢の割に力無く笑った。

「なにが人徳だ。そいつらのおかげで、さぞかしお前さんの袂も重たくなったんだろうが。奴らもこれ以上、しゃぶられずに済むとせいせいしているはずだぜ。とはいえ、飛鳥山の料亭となると、あのあたりはどこもかしこも死神坂だらけだから、結局俺たちがずっと警護しなけりゃならねえじゃねえか。金吾親分、なんで俺が、こんな野郎の警護をしなけりゃならねえんだ」

「なんなら、あっしが駕籠を用意して、命知らずの若衆を二十人ばかりつけましょうかねえ、旦那」

　金吾は肉が煮上がったのを確認し、左内にも卵を差し出した。

「いや親分、飛鳥山の扇屋なら、飛鳥橋の袂だ。名主連中も舟で行くはずだから、俺が屋根舟を何艘か用意しよう」

「先生、ちょっと待ってください。死神は当然、旦那が明後日、飛鳥山に行くことは知っているはずですよね」

「当然だろうな」

「ならば、行きの南町奉行所から飛鳥山、帰りの飛鳥山から八丁堀の組屋敷まで舟で行けますし、途中に坂もありません。襲撃のしようがねえですよ。てえことは、襲撃は五日後ってのは嘘で、本当は翌日の六日後」

「前日でもいいんじゃねえか」

「先生、左内の旦那は仕事柄そうもいかねえでしょうが、あっしが命を狙われたなら、五日間は外を出歩きません。危ねえのは緊張の極限にある前日と当日より、安心して気が抜ける翌日でしょう。旦那、明明後日の予定はどうなってやす」

「理由はいえねえが……夜五つ半に湯島天神」

「そ、それですよ。あの南町奉行所から湯島天神に行くとなりゃあ、確か立爪坂にガイ坂と坂だらけ、湯島天神の向こうだって切通坂です。間違いねえやっ」

　金吾は思わず膝を叩いた。

「さすが金吾親分、それに間違いなさそうだ。旦那、よかったな」

　虎庵は腕組みして黙りこくった左内の小鉢に、煮上がった桜肉を放り込んだ。

「先生、ちょっと待ってくれ」

「どうしたい」

「お前さんたちだから話すが、湯島天神の件は俺の本職に関わることで、他に漏れるようなことじゃねえんだ」

「何を馬鹿なことをいってるんだ。誰が頼んだのか知らねえが、南町奉行所の内与力を手にかけようって奴らだぜ。何があっても不思議じゃねえし、考えたところで始まらねえ。ゲロ組とかいう本職の拷問人をとっ捕まえて、風魔の拷問を味わわせてやろうじゃねえか。なあ、愛一郎」

「は、はい」

いきなり話を振られた愛一郎は、危うく口に放り込んだ桜肉を吐き出しそうになって目を白黒させた。

「そうすりゃ、死神に関するすべての謎が解けるはずだ。それより親分、ちょいと頼みてえことがあるんだが……」

虎庵は金吾を手招きし、その耳元で何ごとかを囁いた。

それを見た左内が不愉快そうに横目で見た。

「そんな顔するなよ。じつはうちの前で馬に刎ねられて死んだ子供がいただろう」

「ああ、確か翔太とかいったな」

「その翔太の父親は元中町奉行所同心、福田政次郎」

「ゲロ政かっ！」

左内の箸から摘んでいた桜肉が落ちた。

第二章　洋上の決戦

一

「ああ、ゲロ政は労咳持ちで中町奉行所を辞めたそうだが、奴は労咳持ちなんかじゃねえ」

「何だとう？」

「去年、流行風邪を患った野郎は、痰を絡ませて死んだんだ。それはともかく、町奉行所が頼りにならねえから、俺たちは母親のお絹が泣き寝入りしねえで済むように、翔太を殺った野郎を捜しているんだ。お前さんに話を聞かせなかったのは、お前さんが心おきなく長崎にいけるよう、気を遣ってのことじゃねえか」

「そういうことか、気を遣わせてわるかったな。さあて、腹もいっぱいになったことだし、そろそろ帰るとするか。愛一郎、刀を頼む」

左内はそういって立ち上がった。

「冗談じゃねえぜ。俺たちも酒が入っちまったんだ。こんな状態で襲われたら、お前さんを守るどころか、俺たちまで殺られかねねえんだよ。今日はここに泊まってもらうぜ。明朝、俺と亀十郎が南町奉行所まで送っていくからよ」

「おお？　そうか、そういうことなら、世話になるとするか」

左内は嬉しそうに頭を掻きながら、またまた自分の席についた。

一方その頃、吉原小田原屋の地下大広間には、緊急招集をかけられた二十名ほどの風魔の若手幹部が、佐助を囲んでいた。

最後に入室した、自分の配下で小田原屋手代の幸四郎が襖を閉めたのを確認した佐助は、おもむろに口を開いた。

「皆、揃ったようだな」

「あれ？　お頭は……」

幸四郎が聞いたが、佐助は答えずに話を進めた。

いつになく緊張感を漂わせている佐助に、幸四郎はただならぬものを感じた。

「突然集まってもらったのは他でもない。皆も知っているとは思うが、昨夜、品川の万安楼が上方の盗賊に襲われた」

「兄貴、上方の盗賊って、どんな奴らなんですか。俺が聞いたところでは妙な盗賊で、遊女たちには手も触れねえのに、男どもは皆殺しにしちまったらしいですね」

「盗賊の名は野茨組」

「野茨組……」

誰もその名を知らないのか、全員が声を揃えて小首を傾げた。

「野茨組は上方の盗賊だ。その昔、慶長の頃の話らしいが、京を中心に上方を荒らし回った、茨組と皮袴組って盗賊がいたそうだ。かなりの傾奇者が集まっていたのか、素っ裸に真っ赤な褌、頭には荒縄の鉢巻き、水玉の上帯にやたらと長え刀を差し、手にはまさかりや熊手を持って商家を襲ったそうだ」

「粋とは縁のねえ、上方らしい盗人ですね」

相槌を打ったのは獅子丸だった。

「茨組に皮袴組も結局は捕縛され、河原で晒されたそうだが、元禄の頃にそれを真似た盗賊が現れたそうだ」

「それが野茨組ですか」

「そういうことだ。さすがに素っ裸に赤フン一丁ってわけじゃねえみたいだが、町中を女物の着物を羽織って歩き、このご時世に傾奇者を気取っているらしい……」

江戸開府から百年以上経ったというのに、江戸にも傾奇者は消え失せずにいた。

ただ江戸の傾奇者の美意識は野茨組とは大分違い、裾を引きずるほどの黒い長羽織や、ネズミの尻尾のように細い本田髷、あるいは月代にカビのような短い毛を密生させたりといった、手入れに手間と金のかかる洒落っ気を良しとしていた。

「兄貴、ちょっと待ってくれ、そういえばさっき、大木戸の外で女物の着物を羽織った三人組の田舎者がうろついていたぜ」

思い出し笑いを堪えた幸四郎が、大木戸の方向を指さした。

佐助が獅子丸に目で合図すると、獅子丸はすぐさま部屋を飛び出した。

「野茨組の奴らは万安楼を襲ったものの、なぜか土蔵が空っぽだったそうだ。それで怒った首領が、次は吉原を襲うと捨て台詞を吐いて逃げたそうなんだ」

「なるほど、吉原遊郭は品川と違い、入口も出口も大木戸ひとつきりってのは、日本中に知れ渡った話です。吉原をいきなり襲えば袋のネズミになっちまうことくらい、奴らも承知しているでしょうから、偵察にきたんでしょう」

「それなら、意外に早く決着を付けられそうだがな」

幸四郎は腕を組み、したり顔で頷いた。

「ところで兄貴、野茨組とかいう奴らは何人組で、どこの宿に泊まっているんでしょうか」

「奴らについてはいま話したこと以外、何も掴めていねえんだ。だがもう偵察にきているんじゃ、のんびりしちゃいられねえぜ」

「今回の件について、お頭はなんて仰ってるんですか」

「すぐに迎撃の準備をしろ。対応は俺に任せると仰った」

「兄貴は野茨組の狙いは、なんだと踏んでいるんですか」

「奴らが本当に吉原を狙うとしたら、無論、目的は千両箱だろう。だがそれ以上に、吉原を襲った盗賊という箔を付けたいんだろうな」

厳重な吉原の警備網をかいくぐり、本当に千両箱を盗めたとなれば、その噂はあっという間に関八州を駆けめぐる。

十日もすれば日本全国に知れ渡り、野茨組には腕に自信を持つ盗人連中が集まってきて、単なる盗賊から盗賊軍団になることができるのだ。

そうなれば危険な盗人を働かなくとも、ちょっと脅せば金を貢ぐ商家など掃いて捨てるほどいるのだ。

「兄貴はどうするつもりなんですか」

「決まっているだろう。皆殺しだ」

「奴らが吉原を襲わなかったら」

「関係ねえな。吉原を狙った野茨組がひとりも戻らねえとなれば、江戸を襲おうなんて、馬鹿なことを考える輩も減るだろうからよ」

佐助がそこまでいったとき、大木戸の様子を見に行っていた獅子丸が戻った。

「兄貴、例の三人組がうちの見世に入ってきました」

「なにっ、間違いねえなっ！」

幸四郎が思わず立ち上がった。

「飛んで火に入る夏の虫か、今夜は思う存分遊ばせてやれ。ただし、酒にはたっぷり痺れ薬を入れてな。さあて、今夜は長い夜になりそうだ。みんな頼んだぜ」

「はいっ！」

若手幹部たちは次々と部屋を後にした。

二

翌日の昼前、浅草の姥ヶ池近くにある往生院という小さな寺の門前に立っていたのは、虎庵の指示を受けたお雅だった。

どれほどの由緒来歴があるのか知らないが、焼けこげたように薄汚い山門を見上げたお雅は、今朝方のことを思い出していた。

今朝方六つ、お雅が愛一郎にいわれて奥の書院に行くと、縁側で虎庵が煙草を吸っていた。

「先生、お呼びですか」

「おう、お雅、待ってたぜ。昨日はちょっと野暮用があって、佐助には吉原に行ってもらったんだが、奴は帰って来なかっただろう」

「はい」

お雅は亭主の無断外泊に、明らかにヘソを曲げていた。

「じつはお前さんにも、たっての頼みがあるんだ。まあ、そこに座ってくれや」

「はい」

口をへの字に曲げたお雅は、縁側に虎庵が用意した座布団に座った。

「お雅は死神を知ってるか」

「はい、佐助さんからうかがっています」

「なら話は早えや。じつはお前さんに、浅草の姥ヶ池近くにある往生院に行ってもらい、俺を殺してくれるよう頼んできて欲しいのよ」

虎庵はそういって、半紙で包んだ小判を差し出した。

「はあ？　先生を殺せって、きゅ、急にそんなことをいわれましても」

即答を避けたお雅が庭先に視線を移すと、突然走り込んできた佐助が現れ、虎庵に向かって片膝を突いた。

よほど急いできたのか、荒い息の佐助は背中をわななかせている。

だがそれより気になるのは、全身から漂わせている血の臭いだった。

「佐助、急ぎであることはわかるが、今すぐでなければだめか」

「いえ、昨夜の件のご報告ですので」

「そうか、それなら風呂が沸いているからひとっ風呂浴びて、その血の臭いをなんとかしてこい」

「はい」

すぐに風呂場に向かった佐助とお雅が、書院に戻ったのはわずか小半時（十五分）後のことだった。

おそらくお雅の気働きなのだろうが、縁側に座った佐助は全身から、芳しい西洋の香水の匂いを漂わせていた。

「先生、お待たせしました。お雅に頼み事というのは」

佐助は額に浮かんだ汗を手拭いで拭った。

「おお、お前さんが戻ってくれたんで、丁度よかったぜ。じつはお雅に往生院にいってもらい、俺を殺してくれるよう依頼してもらおうかと思ったんだ」

虎庵は淡々とした口調でいった。

「せ、先生を……ですか」

「ああ。昨日、お前さんが吉原に向かった後――」

虎庵は木村左内が死神から死の予告を受けていること、死神の背後に強大な力が見え隠れしていることなど、昨夜、わかったことをすべて話した。

「先生、事情はわかりましたが、それなら今さら、お雅に先生殺しを依頼しなくても、いいんじゃねえですか」

佐助は納得がいかないようだった。

「俺は死神が、左内に五日後の殺しを予告したこと自体が気にいらねえのよ」

「え？」

「いいか、左内の正体が御庭番であることは、俺たちしか知らないことにしても、奴は南町奉行所の内与力だぜ。その内与力に殺しの予告をしようものなら、南町奉行の大岡越前をはじめ、町奉行所全体を敵に回すようなものだ。そうなれば、大岡越前は左内を奉行所内の牢にでも閉じこめ、まずは殺人予告を実行させまいとするのが普通だろう」

「それはそうですよね」

「ところが左内は、殺人予告の件を大岡に報告するでもなく、予告日が明日に迫っているにもかかわらず、今朝方まで俺たちと酒を飲み、明日の夜には飛鳥山の料亭で町名主たちと宴会だ。左内は来月には長崎へのご栄転が決まっているのに、殺してくれといわんばかりじゃねえか」

「それじゃあ、先生は木村様の狂言とでも……」

佐助は思った通りのことをいった。

そうでもなければ、虎庵がお雅を使う理由がないと思った。

「そうじゃねえんだ。さっきも話したが、左内は老中が大岡に死神については静観しろと命じ、大岡が納得していない様子が気になって死神の捜査を始めた。そして死神の背後に見え隠れする、自分では手に負えない怪しい力に気づいたんだ」

「木村様でも手に負えない怪しい力ですか……」

「ああ、その怪しい力が、自分たちのことを嗅ぎ回る左内に気づき、殺害を予告したとしか思えねえ」

「なるほど」

佐助が大きく頷いた。

「もし俺の読みが外れているとしたら、左内が嘘をついているということだ」

「どういうことですか」

「死神に左内を狙わせたのは奴自身ということだ」

「自分で自分の命を狙わせたってんですか？」

「ああ、俺たち風魔を動かすためにな」

考えてみれば死神は悪党を殺すだけで、強盗や火付けをするわけではない。

往生院はいうなれば裏の目安箱のようなもので、そこには幕府に頼めるわけのない殺しの依頼が集まる。

しかも依頼金はたったの一両。

あらゆる悪党が的にかけられ、そんな奴らが殺されたところで、悲しむ者などひとりもいない。

「佐助、俺たち風魔は徳川家康より、悪党への天誅を命ぜられた。だが死神は将軍が命ずるまでもなく、その活動に目を瞑っているだけで、江戸のゴミ掃除をして貰えるというわけだ。何日か前に患者から聞いた話だが、悪さをする子供に『死神にいいつける』というだけで効果覿面、子供はピタリと悪さをやめるそうだ。お上に取っちゃ願ったり叶ったりの状況と思わねえか」

「でも先生、たったひとりでも間違いで殺したら、死神は一瞬で信用を失い、すべては水の泡でしょう。死神の信用ってのも妙な話ですが……」

「そうよ。だからその死神に、江戸で評判の庶民の味方、良仁堂の名医風祭虎庵様を殺させるのよ」

「先生の気持ちはわかりますが、何も先生が的になることはねえんじゃ……」

「まあ、いいじゃねえか。それでわかることもあるんだからよ。じゃあお雅」

虎庵はお雅を手招きし、その耳元でひそひそ話を始めた――。

お雅は意を決して山門を潜ると人影のない本堂ではなく、庫裏へと向かった。

そして玄関先で、佐助に指示されたとおり、

「閻魔大王に願いありっ！」

と大声で叫んだ。

すると暗い廊下の奥から、佐助に聞かされたとおり、

「三途の川の渡し賃は……」

という低い呻くような声がした。

「一両にございます」

「うむ、それを持って奥に進むがよろしい」

お雅は玄関を上がると暗い廊下を進み、突き当たりにあった木戸を引いた。

抹香の匂いが立ちこめた、八畳ほどの暗い部屋の中央には二本の燭台が置かれ、その間に粗末な袈裟を着た小柄な僧侶が座っていた。

お雅はその向かいに座ると、懐から取り出した紙包みを僧侶の前に置いた。

僧侶は紙包みを開くと、

「これは多すぎますな」

といって三枚の小判のうちから一枚だけ摘み、背後にある三方に置いた。

「お寺への御寄進にございます。どうぞ、お納めください」

「いえいえ、これだけで十分にございます」

僧侶は二枚の小判を紙で包み直し、お雅の膝元に押し返した。

ここまでは佐助に教わったとおりであり、お雅の近くに一度この寺を訪ねた者がいることを証明する、僧侶への儀式だった。

「して、願いとは」

僧侶の言葉を聞き、お雅は自分が間違えていなかったことにホッとした。

「この傷をつけた男を殺してほしいのです」

お雅は僧侶に背を向けて立ち上がり、諸肌を脱いだ。

燭台の明かりに見事な龍の刺青が浮かんだが、その龍を袈裟斬りに切断するように傷が残っていた。

「ほう、おかわいそうに。事情を教えてくだされ」

「はい」

お雅は両袖に腕を通しなおして着物を整えると、ゆっくりと振り返って座り直した。

「男の名は下谷の蘭方治療院良仁堂の医師、風祭虎庵。私は虎庵が海禁の令を破って上海に留学していたときに知り合い、無理矢理、日本に連れてこられました。虎庵は上海で学んだ蘭方医学を使って無料で町民の病を治し、神様仏様とあがめ奉られておりますが、それは表の顔でございます」

「お話を伺っている限り、そなたは上海からきた清国人ということになるが……」

「左様にございます」

「それにしては見事な言葉遣いにございますな」

「虎庵と知り合って……いえ、上海の遊女屋から買われて十五年、すべて虎庵から仕込まれたことにございます」

「なるほど、して風祭虎庵の裏の顔とは……」

「これにございます」

　お雅は虎庵に渡され、懐にしまっていた赤い薬袋を取り出した。

「これは……」

「阿片にございます。虎庵は町人への無料診療で得た名声を利用し、往診に呼ばれた大名や大身旗本、大商人にこれを売り、莫大な利益を上げているのです」

　お雅は虎庵から聞かされた物語をスラスラと話した。

「その背中の怪我は」

「四年ほど前、私は虎庵の裏の顔を知り、屋敷から逃げだそうとしたところ、後ろから斬りつけられました」

「なるほどのう。風祭虎庵なる医師が、治療費を体で払わせるという噂を聞いたことれなくてもいいのですよ。ところであなたは……」

「いえいえ、あなたとて虎庵に買われ、操を蹂躙されてきたのでしょう。無理に話さ

僧侶の口をついた意外な噂に、お雅は言葉を飲んだ。

「そのようなことまで、ご存知なのですか……」

があるのですが」

「良仁堂の手伝いをしているお雅にございます」

「あなたは自由に外出ができるようだが、なぜ逃げぬのです」

「逃げたところで、海禁令が布かれたこの国では、上海に帰る手だてが見つかりませ

ぬし、見つかったところでそれに見合う金も持ち合わせません」

「虎庵が死んだら、どうなされるのじゃ」

「私はもともと遊女、どこぞの苦界に身を沈めるのも一興かと……」

「見上げた覚悟にございますな。近いうち、あなたの願いは必ずや叶いましょう。そ

れでは、お引き取りねがえますかな」

「ありがとうございます。それでは失礼させていただきます」

お雅は部屋を出ると、暗い廊下を玄関に向かった。

三

一方その頃、虎庵は佐助の報告に耳を傾けていた。

「それにしても、話は早かったな」

虎庵は佐助が買ってきた焼き団子を囓った。

「まさに飛んで火にいる夏の虫、野茨組の馬鹿が小田原屋の客になろうとは、思ってもみませんでした。酒に痺れ薬を混ぜ、倒れたところで三人を拷問部屋に運んだのですが、奴らは格好ばかり傾奇者を気取っているただの盗人で、ろくに責めもしねえうちに、生駒の熊八という首領の名前から、品川沖に停まっている弁才船を住み家にしていることまで簡単に吐きました」

話し終えた佐助も団子を囓った。

「お前さんは、野茨組をどうするつもりだ」

「皆殺しにするつもりです」

「野茨組が皆殺しにあったとなれば、しばらくは江戸を狙う盗人もいなくなるだろうからな。策はあるのか」

「はい。敵の総数は二十三人、今夜九つ（午前0時）、品川沖の弁才船に総攻撃をかけます」

「昨日の三人組が戻ってねえんじゃ、そろそろ吉原まで様子を見に来ている奴がいるんじゃねえのか」

「対応は幸四郎に任せてあります。野茨組の奴らときたら、ここは江戸だってのに、本当に女物の着物を羽織っていやがりましてね、簡単に見分けがつくんですよ」

「今夜、九つだったな」

「お頭も、出陣願えますか」

「無論だ。ぬかりのねえように、頼んだぜ。それじゃあ俺は、お雅を迎えにいってくるぜ」

「お願いします。あっしは本所に行って、船の準備をしてきますんで」

「おう」

虎庵は刀掛けから大小を手にすると、そのまま玄関に向かった。

往生院の山門を出たお雅はあたりをうかがった。

あたりには昼だというのに、人っ子ひとりいない。

お雅は虎庵に指示されたとおり、大川端に向かった。

そして大川に突き当たると右に折れ、川端の道を吾妻橋に向かった。

それとなく背後を何度かうかがったが、尾行されている気配もない。

お雅がホッと胸をなで下ろしたとき、花川戸町の横丁から人影が飛び出した。

「お雅、ご苦労だったな」

濃紺の単衣を着流し、総髪を川風になびかせた虎庵だった。

珍しく虎庵の腰には、このところ書院の刀掛けに掛けっぱなしにされていた大小が差されている。

「先生、驚かせないでくださいよ」

「そう、ふくれっ面をしなさんな。どうだい、この先の鰻屋で昼飯でもどうだ」

上海生まれのお雅は、故郷で食べる田鰻料理は大好物だが、江戸の歯応えのないウナギの蒲焼きが、どうしても好きになれなかった。

「先生、どうせならお蕎麦がいいのですが」

「そうかい。それじゃ東仲町に行きつけの蕎麦屋があるんだ。ちょいと歩くがかまわねえか」

「はい」

「よし、決まりだ」

虎庵は嬉しそうに笑みを浮かべると、東仲町へと向かった。

「先生、それにしても気味の悪いお寺でしたよ」

お雅は虎庵の背にいった。

「そうだな。聞くところによると、開山して百年くらいの歴史があるそうだが、周りの寺の坊主たちは、往生院の住職のことをほとんど知らねえんだ。なんでも住職は正徳元年の大火の後、荒れ寺だったあの寺に突然やってきて、そのまま住み着いちまったそうなんだ」

「見た目は六十歳くらいでしょうか、小柄な普通のお坊さんでしたよ」

「俺のこと、何かいってたか」

「別に何も……」

「え？　ちゃんと裏で阿片を売ってる悪徳医師だって、いったんだろうな」

「もちろんですよ。しかも、あたしの背中を斬ったスケベ医者ともね」

「おいおいおい、いうに事欠いてスケベ医者はねえだろう」

「だって住職が、先生が治療費を患者の体で払わせているという噂を聞いた、なんていうから」

スケベ医者といったというのは冗談だったが、住職が口にした噂のことは本当だった。

「俺が治療費を体で払わせるだと？」

思わず振り返った虎庵の目に、十間ほど後ろを尾けてくる深編み笠を被った二人組の侍が映った。

虎庵はすかさず、左腕でお雅の華奢な肩を抱き寄せ、吾妻橋に向かった。

「先生、いきなり、どうなさったんですか……」

お雅は戸惑った。

「お雅、どうやら尾けられているようだ。蕎麦は後にして帰る……、いや、良仁堂に戻るのは不味いか。そこの横丁から浅草寺の裏に向かう。いいな」

「はい」

お雅は返事をすると、昼間だというのに虎庵の腰に手を回し、肩に頭を預けた。

いままでは佐助の妻となったお雅だが、虎庵の治療を受けて手厚い看護を受けた頃、虎庵にほのかな恋心を抱いたことがある。

一度でいいから抱きしめて欲しいと思ったが、まさかこんな形で実現しようとは夢にも思っていなかった。

「おいおい、そろそろいいんじゃねえか。こんな所を佐助に見られたら、俺は殺されちまうぜ」

浅草寺の裏通りに入ったところで、虎庵はお雅の頭を人差し指で小突いた。

そしてそっと背後を確認すると、相変わらずふたりの侍は尾けてきていた。

「先生、まだ尾けてきていますか」

「ああ。この先の右手に大きな欅があるだろう」

「はい」

「あそこで俺は振り返る。お前はあの大木の陰に隠れるんだ」

「わかりました。それじゃあ、せっかくだから……」

お雅は再び虎庵の肩に頭を預けた。

ほどなくして欅の大木の脇に到着した虎庵はお雅を大木の陰に促し、ゆっくりと振り向いた。

「あんたたち。俺に何か用か」

「風祭虎庵だな」

「それがどうした」

「お前さん、浅草寺裏のこのだらだら坂、名前を知っているか」

「そんなこと知るわけねえだろう」

「ならば教えてやろう。ここが有名な死神坂よ」

「死神坂って、て、手めえら死神かっ！」

虎庵はわざとらしく、声を荒らげた。

「そういうことだ。次郎兵衛長屋に住む福田絹が怨み、晴らさせて貰うぞ」

編み笠の侍は、そういうと大刀をスラリと抜いた。

福田絹とは翔太の母お絹の本名だ。

——なんだってお絹が俺を……。

夢想だにしなかった名に、虎庵の背筋に悪寒が走った。

「ほう、俺を殺る前に依頼人の名を告げるとは、よほど腕に自信があるようだな、だからって、黙って斬られるわけにはいかねえけどな」

虎庵も腰の大刀を抜き、全身から殺気を放った。

虎庵の隙がない正眼の構えと殺気に、ふたりの侍は同時に編み笠を投げ捨てたが、その顔はご丁寧にも頭巾で隠されていた。

二間ほどあった間合いがじりじりと詰まり、一間ほどになったところで、卑怯にも右手の侍が右足で二度三度と小砂利を蹴り上げた。

灰色の埃がモウモウと立ち込め、思わず目を瞑った虎庵の顔を小砂利が襲った。

「しまったっ！」

目を瞑って完璧に避けたはずだったが、不覚にも虎庵の右目に砂埃が飛び込んだ。

それを見たふたりの侍は、強烈な気合とともに連続の斬撃を繰り出した。

切っ先が空気を切り裂く乾いた音が響き、虎庵は気配と殺気を頼りに、なんとか紙一重で白刃を避けた。

——まずいっ、このままでは殺られるっ！

右手の侍が、振り向きざまに繰り出された渾身の斬撃。

「先生、右っ！」

木陰から発せられたお雅の叫びに、虎庵が瞬時に反応した。

白刃に切断された虎庵の総髪が散った。

侍たちの流派はわからないが、鋭い太刀筋と裂帛の気合はただ者ではない。

虎庵は侍たちが体勢を立て直している隙に、一気に間合いを広げた。

そして浅草寺の土塀を背にした。

——どうしたらいい、どうしたらいいんだっ！

視力を奪われたいま、敵が殺気を消して接近し、同時に斬撃を繰り出されたらひとたまりもない。

「先生、血よっ、血で目を洗うのよっ！」

「うるさい女だな」

左手の侍がお雅を振り返った。

すると何を思ったか、虎庵は刀の峰を自分の額に打ちつけた。

激痛とともに大量の涙が溢れ出て、額にできたわずかな傷から大量の血液が流れ出た。

頭皮には毛細血管が集まり、わずかな傷でも大量の出血をする。

大量の出血が虎庵の顔面を朱に染め、激痛によって溢れ出た涙と瞼の隙間に流れ込んだ血が混ざりながら、目の中のゴミを洗い流した。

虎庵は激痛に耐えながら、何度か瞬きを繰り返した。

その度に大量の涙と血液が両頬を伝った。

そして薄桃色の視界の中で、ふたりの姿がはっきりと見えた。

——見えたぞっ、見えたっ！

虎庵が両目を見開いた瞬間、ふたりの侍は同時に大地を蹴った。

冷酷な殺気を孕んだ、強烈な突きだった。

虎庵は一瞬体を沈ませると、右足で土塀を蹴った。

猛烈な勢いで突きかかるふたりの侍より、一瞬早くふたりの間に飛び込んだ虎庵は、左手の侍の刀を払いあげ、返す刀で右手の侍の胴に強烈な斬撃を放った。

「ウグッ」

侍は思わずその場にうずくまったが、虎庵の右手にはガリッという奇妙な感触だけが残った。

——刀が通じない？　なぜだっ！

虎庵が振り返ると、斬り殺したはずの侍が呻きながら片膝を突いた。

侍は荒い息で胸を押さえているが、間違いなく生きている。

――鎖帷子か？

鎖帷子とは小さな鉄輪を鎖にして編み込んだ護身用の衣で、虎庵会心の斬撃が通じなかったところをみると、鋼鉄製の鎖が使われているのだろう。

だが侍の苦しみ様を見ると、鎖帷子によって腹を切り裂くことはできなかったが、肋骨を何本か砕いたようだ。

「ひ、引くぞっ！」

よろけながら逃走を図る侍は吐血をしたのか、覆面の顎からダラダラと鮮血をしたたらせていた。

すかさず左側にいた侍が両手を広げ、虎庵の前に立ちはだかった。

「おい、逃げた野郎はあばら骨が砕けたようだ。吐血もしたようだし、早く医者に診せねえと死ぬぜ」

侍は虎庵の言葉に反応しないが、さっきまで瞳で燃えさかっていた狂気の炎が、完全に消え去っていた。

「これで終わりと思うな」

侍はくぐもった声でいうと、後じさりしながら間合いを広げた。

そして間合いが二間を超えたところで、

「いいから、さっさといってやれよ」

虎庵は言葉を投げかけ、ゆっくりと納刀した。

それを見た侍は、刀を握ったまま踵を返し、よろけながら逃走する侍を追った。

「先生っ！」

ふたりの侍が逃げたのを確認したお雅が、木陰から飛び出した。

そして懐から取り出した手拭いで、虎庵の顔を濡らす鮮血を拭った。

「お雅、大丈夫だ。とりあえず、吉原に向かうぞ」

「はい」

虎庵はお雅の手拭いで鉢巻きをすると、急ぎ吉原の小田原屋に向かった。

四

小田原屋の離れに到着した虎庵は、縁側に座ると大きな溜息をついた。

その背後に不安げな顔をした、お雅と幸四郎が立て膝をついた。

「お頭、大丈夫ですか」

見たこともない顔面を血塗れにした虎庵の姿に、幸四郎の声が震えていた。

「ああ、自分でつけた傷だからな」

「え？」

「戦いの最中に右目に埃が入ってな、それを洗い流すために、ここを刀の峰で割ったのよ。幸四郎、傷を洗いたいので水を用意してくれ、それからお雅に俺の道具箱と鏡を渡してくれ」

「はい、お雅姐さん、こっちです」

幸四郎とお雅は、慌ただしく離れを出た。

――しかし、なぜお絹が俺の命を……。

虎庵は鉢巻きを外し、混乱する頭を必死で整理しようとした。

『先生、もしあんたがお腹の子のことを誰かに話したら、死神にあんたを殺してもらうからね。冗談じゃねえってんだよっ！』

お絹の捨て台詞が甦ったが、額がズキズキと痛むたびに集中力が削がれ、虎庵はそれ以上、考えをまとめることができなかった。

「先生、道具箱と鏡をお持ちしました」

先に戻ったのはお雅だった。

「すまない。縫合用の針に、絹糸を通しておいてくれ」

虎庵は差し出された手鏡を受け取った。

「お頭、水を持ってきました」

幸四郎が水を張った小さな木桶を持ち、獅子丸が大きなタライを抱えてきた。

「ありがとよ」

背中を向けて庭を見ていた虎庵が振り返った。

そして手鏡をお雅に渡すと、猛烈な勢いで顔を洗った。

あっというまに手桶の水が赤く染まった。

「お頭、水を替えましょう」

幸四郎は虎庵に手拭いを渡し、庭先に桶の水を撒くと、すかさず獅子丸が代わりの桶を虎庵の前に置いた。

猛烈な勢いで洗ったせいか瘡蓋が剥がれ、再び傷口から出血が始まった。

平然と見守るお雅に対して、幸四郎と獅子丸は眉根を寄せて息を飲んだ。

「心配するな。縫合するために、わざと瘡蓋を剥がしたんだからな。お雅、鏡で見たところ、縫合は二針ですみそうだ。やってくれるか」

「はい」

お雅の返事を聞くと、虎庵は再び猛烈な勢いで顔を洗い、傷口を手拭いできつく押さえた。

「お雅、プロシア製の消毒薬はわかるな」

「はい」

「じゃあ、頼んだぜ」

虎庵は傷口を押さえたまま、その場で仰向けになった。

虎庵の縫合が終わり、幸四郎と獅子丸が呼ばれたのは四半刻後のことだった。

「幸四郎、獅子丸、さっきもいったが、この傷は敵につけられたものじゃなくて、目を洗うために自分でやったんだからな」

愛用の長煙管を咥え、額に鉢巻きをした虎庵はモウモウと紫煙を吐いた。

「お頭、敵って誰なんですか」

幸四郎の脳裡には、野茨組しか浮かんでいなかった。

「死神だ」

「死神って、なんでお頭が狙われなくちゃならねえんですか」

「俺も驚いたよ。しかも依頼人は、次郎兵衛長屋に住む福田絹、馬に刎ねられて死んだ翔太のお袋さんだ」

虎庵が咥えた煙管の吸い口がギリギリと鳴った。

「先生、なんでお絹さんが……」

「それがわかれば苦労しねえよ」

「お頭、死神はやはり二人組ですか」

獅子丸が聞いた。

「ああ、お前さんがいったとおり、深編み笠を被った二人組でな、いざ立ち合いになったら深編み笠を外したんだが、ご丁寧に頭巾を被っていやがった」

「腕の方は……」

「流派はわからねえが、かなりの手練れだ。俺はひとりの胴を完璧に切り裂いたはずなんだが、鎖帷子を着込んでいたようで刀が通用しなかった」

虎庵は大刀の鞘を払うと、白刃を太陽に掲げた。

「獅子丸、見て見ろ。こいつは飾り物のなまくらにしても、酷え刃こぼれがしてやがる」

虎庵は抜き身を獅子丸に手渡した。

「お頭、鎖帷子を着込んでいたということは、やっぱり忍びですかね」

虎庵ににじり寄った幸四郎が聞いた。

「俺も最初はそう思ったが、逃げ去る奴らの走り方は忍びのそれじゃなかった。それに今時、鎖帷子を着込むといったら、出役のときの町方同心か火盗改くらいだろう」

「町方同心か火盗改ということは……木村様の死神は元中町奉行所のゲロ同心って読みも、まんざら外れちゃいねえのかもしれませんね」

「そういうことだな。それにしても、なんでお絹が……」

「まさか翔太が、良仁堂の門前で殺されたのを逆恨みして……」

獅子丸が呟いた。

「バーカ、お頭は翔太の怪我を治し、お絹の命も救った恩人じゃねえか。どこをどうしたら、逆恨みなんかできるんだよ」

幸四郎が叩いた獅子丸の月代が、見る見る手の形に赤くなった。

「お頭、それより今夜の野茨組襲撃、その体で大丈夫ですか。なんでしたら佐助兄貴とあっしらで……」

「幸四郎、心配は無用だ。それより、どうにも気になるんで、俺は次郎兵衛長屋に行ってこようと思うんだ」

「お頭、私もご一緒します」

お雅がいった。

「よし。幸四郎、獅子丸、佐助が戻ったら心配無用と伝えてくれ」

「はい」

虎庵は鉢巻きを外すと、傷口から出血していないことを指先で確かめ、お雅とともに出口へと向かった。

半刻後、理由はわからないが、下谷広小路は人でごった返していた。

「今日はクソ暑いってのに、やけに人の出が多いみたいだな」

三橋を渡った虎庵が眩しそうに太陽を見上げると、どこからともなく虎庵を呼ぶ声が聞こえた。

虎庵があたりをうかがうと、人混みの中から左内と金吾が現れた。

「よ、傍目で見ると、似合いの夫婦だぜ」

左内が軽口を叩いた。

どうやら虎庵の髪の生え際にできた傷には気付いていないようだ。

「くだらねえこと、いってんじゃねえよ。金吾、こんな野郎を警護するのは業腹だろうが、お前さんだけで大丈夫なのか」

「先生、周りを見てくださいよ」

虎庵があたりの様子をうかがうと、いつのまにやら目つきの悪い連中が、四人を取り囲んでいた。

「それより先生、往診にしちゃ、お腰のでかい獲物が不調法ですね」

「親分、じつは昼前、お雅に往生院にいってもらい、風祭虎庵殺しを依頼してきてもらったのだ」

「なんでまた、そんなことを……」

「まあ、話せば長いことになるんだが、往生院に迎えにいった俺とお雅が帰る途中、二人組の死神に襲われたんだ」

「死神？」

「生憎、ふたりを始末することはできなかったんだが、死神の野郎、俺殺しの依頼人はお絹とぬかしやがったんだ」

「なんですって……」

「事情を考えてもはじまらねえから、お絹に確かめにいくところなんだ」

虎庵はさりげなく、額の生え際の傷を確認した。

「金吾、そういうことなら、俺たちも同道しようじゃねえか。いくぜ」

左内はそういって踵を返すと、さっさと人混みをかき分けながら次郎兵衛長屋へと向かった。

ほどなくして一行が次郎兵衛長屋の木戸前に到着すると、お熊が門前で水を打っていた。

「お熊、お絹の部屋はどこだ」

左内が聞いた。

「お絹ちゃんですか、右手の二軒目ですけどね、二、三日前から見かけないから留守じゃないですか」

「留守だと？　まあいいや、ありがとよ」

左内はどぶ板を避けながら歩を進め、いきなりお絹の部屋の腰高障子を引いた。

するど室内から流れ出た血生臭い異臭に、左内は思わず袂で鼻を覆った。

異常を察した虎庵が室内に駆け入ると、唸るような虫の羽音が気になった。

室内の奥に置かれた衝立から、女と思しき青白い二本の脚がはみ出ている。

座敷に駆け上がった虎庵が衝立をはね除けると、無数のハエが舞い飛び、お絹の全裸死体が姿を現わした。

胸をひと突きにされたのか、二つの豊かな乳房と畳にできた大量の血溜まりにも、無数のハエがたかっていた。

「金吾、そこの辻番所に走ってくれっ！　先生、お雅、お前さんたちも面倒なことになるのはいやだろうから、さっさと良仁堂に戻ってくれ。始末をつけたら、俺も金吾と一緒にいくからよ」

部屋の外では騒ぎを嗅ぎつけた長屋の住民が集まりだし、井戸端ではあまりの異臭にお熊が嘔吐していた。

「お雅、帰るぞ」

虎庵はあまりに無惨な光景に立ちすくむ、お雅の手を引いて長屋を後にした。

五

近所の蕎麦屋で、軽く腹ごしらえをした虎庵とお雅が良仁堂に戻ると、すでに木村左内たちが書院で待っていた。

「お雅、今日はご苦労だったな。お前さんはなんだったら、部屋で休んでくれてもいいんだぜ」

「先生、お気遣いありがとうございます。愛一郎さんはひとりで大変でしょうから、すぐに診療部屋に戻ります。あ、お松さんにお酒の支度を頼んでおきますから」

「うむ、頼んだぜ」

蕎麦切りの半分も喉を通らなかったお雅だったが、一礼して診療部屋に向かった。

虎庵が廊下伝いに書院へ向かうと、庭先で片膝を突く見慣れぬ男がいた。

「おう、牙次じゃねえか」

「あ、先生、ご無沙汰しております」

牙次がペコリと頭を下げた。

武蔵川崎宿を根城にするヤクザ一家との出入りで、大怪我をした牙次が良仁堂に運び込まれたのは、二年前の冬のことだった。

全身に十数ヶ所、大小の切り傷を負い、大量の出血で体温を失った牙次は、全身を激しく震わせていた。

そんな牙次に、虎庵と愛一郎は神業のような手さばき治療と縫合を施した。

「どうだ、その後の調子は」

「おかげさまで絶好調です。こいつのおかげで、角筈一家の牙次の名は関八州に轟くようになりました」

牙次はそういうと虎庵に背中を向け、一瞬で諸肌を脱いだ。

背中に彫られていた唐獅子の刺青がボロ雑巾のようにつぎはぎになり、虎庵には何とも哀れに思えたが、ヤクザ社会で刀傷は勲章のような物で、本人はいたく気に入っているようだった。

「牙次、みっともねえ真似をしているんじゃねえ」

金吾の声だった。

「牙次、いいからお前も上がれ」

虎庵は牙次に手招きをして書院に入った。

「どこかに寄ってたのか」

「なに、お雅に昼飯抜きってわけにはいかねえからな」

虎庵は大小を刀掛けに掛け、自分の席に着いた。

「旦那、お絹の死因はわかったかい」

「大量の出血は首筋の切り傷からで、とどめに心の臓を背中からひと突きだ」

「やっぱり、殺しか」

「ああ、お熊は二、三日前から姿を見なかったといっていたが、二日前の瓦版があったところをみると、死んだのは二日前以降ということだろう。それにしても、お絹が死神に先生を狙わせた理由がわからねえな。先生は、何か心当たりはねえのかい」

左内は灰吹きに煙管の雁首を叩きつけた。

「そうさなあ、お絹は腹に子を身籠もっていたんだが、それを俺が知っちまったことくれえかな」

「お絹の亭主は去年の流行病で死んだんだろ。その忘れ形見なら、何の問題もねえだろうが」

「忘れ形見ならな……」

虎庵も短めの銀煙管の雁首にキザミを揉み込んだ。

「何だ、忘れ形見じゃねえのか」

「ああ、旦那が死んだのは九ヶ月前、腹の子はまだ五ヶ月だ」

「旦那の一周忌前に、男ができたということか」

「男との関係が、旦那が死ぬ前なのか、死んだ後なのか、俺にそんなことわかるわけがねえだろう。ただお熊の話では、半年ほど前から十日毎に翔太を家に残し、夜な夜な家を空けるようになったそうだ」

「するってえと、お絹殺しは相手の男が臭えな。先生にお絹の腹の子がバレたことを知り、お絹には死神に先生殺しを依頼させ、お絹は手めえで始末したってわけだ」

左内の読みを聞いていた虎庵の脳裡に、お絹が吐いた捨て台詞が甦ったが、そのことはあえて話さなかった。

「そういうことか……」

「先生、いきなりどうしたい」

「いや、お雅が往生院の住職から聞いた話なのだが、俺が治療費を患者の体で払わせているという噂があるといっていたそうだ」

苛立つ虎庵はスパスパと音を立てて煙管を吸い、大量の紫煙を吐いた。

「ええっ？　お前さん、そんなことをしているのか」

左内がわざとらしい突っ込みを入れた。

その脇で金吾と牙次が笑いを堪えていた。

「ば、馬鹿なことをいうなっ、噂だっていっただろっ！」

「火の無えところに、煙は立たぬっていうからな……」

「ふ、ふざけるなっ」

左内に三白眼で覗き込まれた虎庵は、その月代をピシャリと叩いた。

「て、手めえ、内与力の頭を叩くとは、ますます臭えじゃねえかっ！」

「左内の旦那、それ以上は洒落になりませんよ。ようするにその噂の出所はお絹で、腹の子は先生の子とでもいったんじゃねえですか」

「金吾、せっかく俺がいおうと思ってたのによ」

左内が金吾の額を小突いた。

「先生はどう思います？」

「いや、親分の読み通りかも知れねえな」

虎庵は左内にからかわれていたのに気付き、忌々しそうに睨んだ。

「いずれにしてもお絹の件は、男を捜し出せば一件落着だが、そうなると気になるのは死神だな。お絹の依頼に対し、どんな裏取りをしたのか知らねえが、先生を襲ったのは事実だ。そうなると、治療費も取らずに貧しい町民を治療し、名医と名高い風祭虎庵先生を狙った死神は、江戸の掃除人どころか、ただの殺し屋ってことになっちまわねえか」

左内は手持ちぶさたそうに、左手を何度か握りなおした。

「そうですよね、これまで死神に殺された連中と同様に、もし先生の生首が小塚原の仕置台に並んだら、江戸庶民の大半は首を傾げるでしょう。ねえ、先生」

金吾は腕を組み、何を納得しているのか何度も頷いた。

「ねえ、先生っていわれても、俺には答えようがねえじゃねえか」

虎庵が柏手を二度叩くと、隣の部屋で控えていたお松と亀十郎が、酒の支度を調えた大盆を書院に運び込んだ。

「先生、今宵のこともございますので、ほどほどに……」

「わかってるよ」

亀十郎の囁きに、虎庵は小さく頷いた。

「先生、死神の腹に一撃加えたそうだが、傷の具合はどうなんだ」

左内は手にした茶碗に、お松から酒を受けながら聞いた。

「鎖帷子を着ていたようで、俺の刀は刃が立たなかった。だがあばら骨の何本かは砕いたはずだ」

「医者に診せずにすむ話かね」

「いや、内出血の状態にもよるが、そのまま放っておけば今夜あたり、高熱と激痛を発して命の山場を迎える」

「先生よ、蘭方ならどう治療する」

「内出血があれば血抜きを施し、胸の当て木を晒しで固定する。後は大量の痛み止めと解熱薬だな」

「じゃあ、江戸中の医者をあたれば、手がかりを掴めそうだな」

「ああ」

「よし、そうとわかれば、俺はお絹の男と町医者をあたらせることにしよう」

左内はそういうと、一気に茶碗の酒を呷り、立ち上がった。

「旦那、今宵、面白えことがあるんだが、付きあわねえか」

「面白えこと？」

「野茨組退治だよ。長崎行きの餞別代わりに、風魔の天誅をお目にかけてやろうかと思ったのよ」

「面白そうな誘いだが、辞退しておくよ。場所は？」

「品川沖」

「ならば明朝には死体が流れ着き、海岸沿いは大騒ぎだな。わかった、大岡様に耳打ちしておくよ」

「そうか、頼んだぜ」

虎庵はそういって、立ち去る左内の背を見送った。

「先生、なんだか楽しそうですね」

金吾が意味深な笑みを浮かべ、徳利を差し出した。

「どういう意味だ」

「いえ、大したことじゃありませんよ」

「親分、つかぬ事を訊くが、この江戸に殺しを家業にしている輩は、いったいどれくらいいるんだね」

「江戸にはひとりもいませんよ」

「よくいうぜ」

「武蔵川崎宿、武蔵府中宿……殺し屋が住んでいるのは江戸の朱引きの外でしてね、仕事を終えたら、町奉行の手の及ばねえ国許にさっさと帰っちまうんですよ。散々、人を殺めた江戸で暮らしたかねえでしょう」

「なるほどな」

「さっきの左内の旦那の話じゃねえですが、殺しが起きれば江戸の捕り方は、女、あるいは銭金絡みの怨恨と決めてかかりやす。確かに殺しの大半は、それが原因だから仕方がねえともいえますが、だから自分に火の粉がかからねえうちに、とっとと江戸を脱出する。殺し屋は怨みもなにもねえ、ことによったら善人かも知れねえ相手を殺すんです。人の命は虫けらほどにも思っちゃいねえが、手めえの命の大切さだけは、十二分に心得た連中なんですよ」

金吾の話は十分に説得力があった。

死神がただの殺し屋と一緒とは思わないが、彼らとて自分が簡単に捕まるような馬鹿ではないと思うし、そうなると死神の本拠も江戸には無いのではないかと思えた。

「話は変わるが、親分が代貸しと一緒とは珍しいじゃねえか」

「そうそう、例の髑髏の根付けですが、あの件で牙次がつまらねえことを思い出しやがったんですよ。おう」

金吾が振り返り、牙次に促した。

六

牙次は金吾の脇に進み出ると、例の髑髏の根付けを置いた。

「先生、六年前のことなんですが、うちの若衆が喧嘩で中町奉行所にしょっ引かれ、百叩きの刑を受けたことがあるんです。それで、あっしと親分がもらい下げにいったときに、出てきた中町奉行所の同心が、これと同じ物を帯に下げていたんです」

「その同心ってのは……」

「福田政次郎」

「ゲロ政か?」

虎庵は危うく持っていた茶碗を落としそうになった。

「板橋宿に、うちの一家から足を洗い、小間物屋をやっている勝蔵というジイさんがいるんですが、こいつが百叩きにあった若衆のひとりなんです。この根付けは舶来の黄熟香とかいう香木を使った珍しい物で、もともとジイさんの物だったんですが、これに目をつけたゲロ政が妙に欲しがったそうで、ジイさんはこの根付けを譲ることで、百叩きに手心を加えてもらったそうなんです」

牙次は話し終えると、申し訳なさそうに頭を掻いた。

黄熟香とは、東大寺に納められている蘭奢待と同じ香木だ。

「ゲロ政の倅を殺した下手人が、ゲロ政が持っていたはずの根付けを持っていたということか」

「なんだか、わけがわからなくなってきやがりましたね」

金吾が忌々しげに吐き捨てた。

「ゲロ政は九ヶ月前、俺が確かに死を看取ったのだから、あの時の馬上にいた侍は別人だ。ならば珍しい香木を使った髑髏の根付けが、どうやって馬上の侍の手に渡ったのかだ。ゲロ政が生前に譲ったのか、死後にお絹が、金に困って売り払ったのか、あるいは……」

「あるいはなんですか」

「お絹の腹の子の父親だ」

「でも先生、翔太が死んだのは事故で間違いないんでしょう?」

「ああ、あの時の馬はまさに疾走していた。仮にあの侍が翔太を邪魔に思っていたとしても、突然、門前に飛び出した翔太を待ち伏せて刎ね飛ばすなんて芸当は、絶対に不可能だ。あれは絶対に事故だ」

「そうですよね。そうなると馬上の侍はなんで、暮れ五つ半の闇夜に馬で疾走していやがったのか、一体、どこからきて、どこに向かっていたのかってことになりますね」

「少なくとも下谷広小路方面からやってきて、摩利支天前を通過したところで薬籠を落とし、御徒町方面に逃げた」

「てえことは、徒組の誰かですかね」

「親分、お前さんらしくねえことをいうなよ」

「そうですね。すんません」

虎庵の腹の内の物を吐き出させようという、内心を見透かされた金吾は照れくさそうに頭を掻いた。

「親分、翔太を殺した下手人のことは、いまここで考えたところで是非もねえ。左内の報告を待とうじゃねえか」

「わかりました」

金吾は徳利を差し出した虎庵の酒を受けた。

「それより親分、さっき左内に話した野茨組退治の件だが、お前さんもひと口乗らないか」

「は？　ひと口って、どういう意味ですか」

「なに、俺たちが野茨組を殲滅すれば、町奉行所が銭の魔力で骨抜きになっているうちに、江戸を襲うなんて馬鹿も減るだろう」

「そりゃあ、そうですよ。あっしが知っている限りでも、野茨組同様に江戸を目指している盗賊は十を下りません」

「だが江戸が安全になればなったで、つけあがる馬鹿もでてくるだろう」

「商人のことですか」

「誰とはいわねえが、盗人さえ来なければ、商人にとって江戸は天国だからな。そこで親分に相談なんだが、品川沖から浜に泳ぎ着いた連中を角筈一家で始末して欲しいのよ。上方で賞金首となり、品川の万安楼を襲った野袴組を退治したとなりゃ、大岡越前も南町奉行として、角筈一家を表彰せざるをえねえだろ。そうなりゃ、商人どももお前さんたちの力を思い知り、ミカジメや用心棒代も取り放題ってわけだ」

虎庵は意味ありげに不敵な笑みを見せた。

「先生、そりゃあ有り難えお話ですが、あっしらが風魔の今日の動きを知っているってのは、妙な話じゃねえですか」

「佐助が偵察にきた野袴組の三人を拉致してある。三人を親分に渡すから、そいつらに聞いたことにすればいいじゃねえか。上方の奴らしく、よく喋るらしいぜ」

「なるほど、ついでに三人を南町に引き渡せば、野袴組の悪事も全部暴けるし、あとは打ち首獄門で一件落着ですね。牙次、お前さんはどう思う」

金吾は徳利を牙次に差し出した。

「さすがは虎庵先生、あっしらヤクザとは違って、大所高所からものを見られていらっしゃるってこってす。あっしは何の文句もありません。ただ」

「ただどうした」

「じつは親分、最近、上州から流れてきた闇烏の大助と小助という兄弟がいるんですが、これが酔っぱらって喧嘩はする、飲み代は踏み倒しやがるで、手のつけられねえ跳ねっ返り者というか悪党でしてね、こいつらも品川に連れていってもかまいませんでしょうか」

「そいつらの腕はどうなんだ」

「かなりのものですが、背中に目はありませんからね」

牙次は不気味な笑みを浮かべた。

どうやらふたりは野袴組退治にかこつけて、一家の手にあまる流れ者を始末するつもりのようだ。

「金吾親分、そんなこたあ、牙次にまかせりゃいいじゃねえか」

「へえ、あっしもそのつもりなんですが。風魔にはそういう跳ねっ返りはいねえんですか」

「詳しいことはいえねえが、裏切り者は地の果てまででも追いかける。そして一命をもって償わせる。それだけのことだ」

虎庵がそういってキュウリの漬け物を口に放り込んだとき、庭先に佐助が姿を現わした。

「おう、ご苦労だった」

虎庵はそういうと、佐助に向かって徳利を掲げた。

「先ほど獅子丸がきまして、小田原屋に野袴組の馬鹿ふたり組が現れたそうです」

「例によって女物の着物を羽織っていやがったか」

「はい」

「とんだ道化だな」

「幸四郎が知らぬ存ぜぬで追い返したそうですが、先発の三人組が小田原屋にきたことを知っているということは、奴らの狙いは小田原屋ってことになりますが……」

虎庵の隣に座った佐助は、大盆に置かれた茶碗を手に取った。

「佐助さん、ある程度の盗人なら、小田原屋が風魔の本拠地であることくらい、先刻承知のはずなんですがね」

　金吾が佐助の茶碗に酒を注いだ。

「奴らが吉原のどこを狙っていようが、どうでもいいじゃねえか。奴らは江戸の事情を知らずに万安楼を襲い、一文にもならなかったんだ。一攫千金を目論んで、総籬の小田原屋を狙っても不思議じゃねえぜ。それより今宵の襲撃、準備にぬかりはねえだろうな」

「はい。すでに見張りの漁師舟が二艘、奴らの弁才船を見張っています」

「ゲンゴロウは使うのか」

「はい」

　佐助は不敵な笑みを見せた。

　ゲンゴロウとは虎庵が作らせた漆黒の亀甲船で、先端にはエゲレス軍との戦闘で奪った大筒が配備されている。

　船体は三十尺（九メートル）ほどの中型船だが、大筒の破壊力は凄まじく、夜陰に乗じて敵船に忍び寄り、至近距離で発砲すれば弁才船など一撃で撃沈可能なのだ。

「あとは大型の屋形船が五隻、二挺艪の猪牙が二十艘、合計百名全員がボウガンを装備しています」

「佐助、考えがあってな、ゲンゴロウの一撃を加えたら、海に落ちた野茨組へのとどめは無用だ」

「え？」

「品川の浜辺には、金吾親分ところの若衆が待ち受けている。浜に泳ぎ着いた連中の始末は、親分たちに任せるんだ」

「それは有り難いですね。小田原屋を襲われたってんならともかく、野茨組に怨みはありませんからね。金吾親分なら、野茨組殲滅を江戸の平和に役立てていただけるでしょうから」

「なんだ。やけにものわかりがいいじゃねえか」

「いえ、皆も降りかかる火の粉を払うことには納得してますが、所詮、野茨組はただの盗人で、風魔の義も何もあったもんじゃねえですからね。ともかく絶対に犠牲が出ねえように、きっちり策を練ったつもりですが、ゲンゴロウの一撃だけでいいんなら、屋形船と猪牙はどうしましょう」

「お前さんの練った策通りに進めてくれ。将軍は鷹狩りと称して三千もの兵を動員して軍事教練をしているそうだが、俺たちはそうそう訓練というわけにもいかねえ。そういう意味じゃ、いい機会じゃねえか」

個々の動きは問題ないにしても、迅速な判断と連携は訓練のなせる技だ。

虎庵はこの二年あまり、風魔は大掛かりな戦闘をしていないことが気掛かりだった。

「お頭、風魔は日頃から小頭ひとりに配下五人、一隊六人で常に行動していますし、毎月朔日の早朝には、隊ごとに火事に対応するための独自訓練を行なっています。心配は無用です」

佐助は自信満々に答えた。

この二年間に、風魔は新田開発に絡んで私腹を肥やした代官と、米相場で阿漕に金儲けをした悪徳米問屋二名に天誅を下した。

だが虎庵は相手が小者であることを理由に、すべて佐助に委し、自身は良仁堂での治療活動を続けていた。

その二回の戦闘だけが理由とは思わないが、佐助がひとまわりもふたまわりも成長していてくれることが嬉しかった。

「そうだな、心配は無用だな」

虎庵は嬉しそうにひとり頷いた。

「お頭、それより昼間、死神に襲われて血塗れで小田原屋にいったってのは」

「おう、お雅を危ない目に遭わしちまい、面目ねえ。往生院から出てきたお雅と合流した後、二人組の侍に尾行されてな。浅草寺裏までおびき寄せたまではよかったんだが、迂闊にも敵が蹴り上げた埃が目に入り、それを洗い流すために手めえでここを割ったんだ」

虎庵は佐助に、額の生え際の傷を見せた。

「手めえの血で目を洗うなんて、初めて聞きましたよ」

「お雅の指示だ。俺も半信半疑だったが、おかげで命拾いしたよ。ふたりとも鎖帷子を着ていたようで斬ることはできなかったが、ひとりは確実にあばら骨を砕いてやった。もう左内が探索を始めたから、早晩、何かを掴めるだろう」

「狙われたのはお雅ですか」

「違うよ。標的は俺で、依頼人はお絹だとよ」

「えっ！」

「しかも、お絹はすでに次郎兵衛長屋で殺されていた」

「ど、どういうことですか」

「まだ何もわからねえが、例の髑髏の根付け、あれの持ち主がわかったぜ。もっとも確実にいえるのは六年前までだがな」

「誰なんです」

「中町奉行所同心、福田政次郎。翔太の親父、ゲロ政だよ」

「ええっ……」

佐助は言葉もなかった。

「ま、あとでゆっくり説明しようじゃねえか。金吾親分、お前さんたちの準備もあろうから、ここらでお開きということにしようぜ。佐助、悪いが親分にいろいろ説明してやってくれ。俺はちょいと、桔梗之介の所に行ってくる」

　虎庵は足早に部屋を出た。

七

　一方その頃、品川沖で碇を下ろした弁才船では、野茨組の首領、生駒の熊八が吉原から帰った偵察隊の報告を受けていた。

　熊八は首領らしく六尺を超える大男で、髭はもちろん、腕や胸にも黒々とした剛毛を生やし、顔は狛犬のようにゴツくて眼光鋭いが、前歯が四本欠けているせいか、どこか間が抜けている。

　甲板のそこここでは、褌一丁に女物の着物を羽織った子分たちが、炙ったアジの干物を囓りながら酒を飲んでいる。

　子分たちは、だいぶ酔いが回っているのか、潮焼けした赤銅色の肌が輝きを増していた。

　熊八はひと月ほど前、江戸で二万両強奪の大仕事に成功し、大坂に戻ったばかりの盗人仲間から江戸の様子を聞いた。

新将軍になって十年、相変わらず贅沢は禁じられたままで物は売れず、日本中の商人どもが不景気に喘いでいるというのに、江戸では幕府高官と癒着して大儲けする大店の幕府御用商人たちだが、我が世の春を謳歌していた。

それを見せつけられた商人どもの一部は、御用商人たちの利権を横取りするための情報を得るために、役人と見れば誰彼かまわず金をばらまいた。

おかげで賂など縁のない役人までが賂の味を知り、幕府はまさに全身に毒が回り始めた状態で、機能不全を見せ始めていた。

ことに町奉行所では、その影響がいち早く表面化した

普段から不浄役人と蔑まれ、いわれのない差別を受けてきた与力同心は、ここぞとばかりに賂を取りまくり、完全に骨抜きにされ、江戸の治安は地に落ちていた。

盗人仲間の話を聞いた甚八は、すぐさま子分どもを集め、押っ取り刀で江戸に下り、挨拶がわりに品川の遊女屋を襲った。

この襲撃の収穫によって奪えたのは、店の男どもの命と懐から奪った三十五両だけと知った熊八は、盗人仲間から聞いた吉原の盛況振りと、総籬小田原屋の繁盛振りを思い出し、すぐさま次の標的を小田原屋に定め、三人の子分を偵察に送り込んだ。

「権左、吉原の様子はどうやった」

目の前で胡座をかいた子分の権左に、熊八は七輪で炙っていたアジの干物を放り投

げた。

権左は中肉中背で色も白く、甲板にいる他の子分たちとは違って奇麗に髪を結い上げ、剃った月代も青々としていた。

「お頭、江戸の吉原はえらい繁盛振りで、京の島原なんて比べものになりまへんで」

どこか緊張感に欠けた権左は、持参した通い徳利の栓を抜き、ゴクゴクと喉を鳴らしながら酒を流し込み、手の甲で口を拭った。

しゃくれた顎がやけに長く、鷲のようなかぎ鼻とギョロ目が暑苦しい。

「ドアホッ！　そないなことを聞いとるんやないわいっ！」

熊八は傍らにあったキュウリを掴み、権左に投げつけた。

「いま説明するところやないの、ちょっと待ってえな」

腹が減っていたのか、権左はすかさずキュウリを拾い上げると素早く一口囓り、熊八に差し出した。

「ええか、お前も知ってのとおり、昨日、吉原に向かった三人のうち、菊松、音吉は泊まりで小田原屋の様子を探り、新蔵は昨夜のうちに報告に戻るはずだったんや。ところがなぜか新蔵が戻らん。おんどりゃ、そのわけを探りにいったんとちゃうんかいっ！」

「だからお頭、儂もちゃんと小田原屋にいったんや。番頭の話では、確かに女物の着物を羽織った三人組の客がきたそうや。それでゲジゲジ眉毛で上方弁の男に、気に入った太夫を指さして揚げ代を聞かれたそうや」

「人相からいって、音吉に間違いなさそうやな」

「そうや。それで番頭が五両と答えたところ、音吉は『アホぬかせ』ゆうて帰ったっていいますんや。お頭、偵察はええが、ちゃんと音吉たちに十分な軍資金を渡しとったんですか」

「ああ、三人で五十両、十分だろうが」

「なるほど、新蔵は報告に戻るんやし、菊松、音吉ふたりなら、十分すぎる軍資金やな……。でも奴らが組を抜けたがっとったのは、お頭もご存知やったのと違いますか。五十両あれば、ちょっとした小間物屋くらいなら、始められる金でっせ」

権左は三人の逃亡を臭わせた。

「黙れっ、吉原に行って、番頭の話を聞いてくるだけならガキでもできるわいっ。ええか、明日の朝、もう一度吉原にいって、三人を探し出してくるんやっ！」

どこか他人事のような顔で報告する権左に、熊八は持っていた茶碗を投げつけて立ち上がり、長い顎を力任せに蹴り上げた。

「ええな、わかったなっ！」

「へい……」

権左は、右手で股座をもぞもぞさせながら、憮然として船尾に向かった熊八の背中を見送った。

すると、一緒に話を聞いていた副首領の峰吉が口を開いた。

「権左、お頭は吉原の小田原屋が、風魔の本拠ということを知らんのかいな」

「峰吉兄い、どういう意味やね」

「だから、吉原の総籬小田原屋は、江戸の闇を仕切る風魔の本拠地や。それくらいのことはお前も知っとるやろ」

「吉原が風魔の本拠地やゆう話は聞いたことがあるけど、小田原屋が本拠地ゆうのんは初耳や」

「なるほどな、だからのこのこと、小田原屋にいけたというわけや。命知らずもええとこやで」

峰吉は呆れたように苦笑した。

「兄いは音吉たちのこと、どない思うとりますんや」

権左は峰吉に向き直って正座した。

「儂らは品川の万安楼を襲い、お頭の命令通り女どもには手をつけず、男どもだけ皆殺しにした。だがお頭は土蔵に金がなかったことを知ると、わけのわからんことを喚き散らし、しまいには吉原を襲うと喚いたんや」

「確かにそうでしたな」

「あれを聞いていた遊女の口から、その話が風魔に伝わらんほうがおかしいとは思わんか？」

峰吉は持っていた空の茶碗を権左に差し出した。

権左は慌てて徳利の口を袖で拭い、峰吉の茶碗に酒を注いだ。

「ほんなら、音吉たちは……」

「風魔に捕まったんやろ」

「ならなんで、儂は無事やったんですか」

「小田原屋にいった偵察が、二度続けて帰ってこなければ、自分たちが拉致したといっとるのも同然やないか」

「そういうことでっか……」

「お頭って人は妙なところで鼻がきくから、今回はこの船を宿がわりにしとるが、もし儂らがどこぞの商人宿にでも泊まっとったら、今頃、風魔に皆殺しにされていたかも知れんのや」

「兄い、皆殺しって、風魔ってのは、そんなに無茶苦茶な奴らなんですか」

「お前は江戸にいった京の丹波黒雲党が、皆殺しにあったという話を知らんのか？」

「た、丹波……」

「黒雲党や。まあええわ」

峰吉はあきらめたように小さく顔を振り、茶碗の酒を飲み干した。

野茨組は女物の着物を羽織って傾奇者を気取ってはいるが、大半は食いっぱぐれた貧農の次男、三男の若者で、金を与え、美味いものを食わせ、いい女を抱かせていさえすれば、どんな残虐なことでも躊躇なくこなす。

おかげで野茨組の悪名は、あっという間に西国に知れ渡った。

そうなればしめたもので、峰吉はすぐさま自分の実家の神社に京や西国の大店の主を集め、「白袴」なる闇の講を組んだ。

この座に加わり、祈祷料を払った店は野茨組の標的から外される。

それを知った商人たちはこぞって講に入り、毎月銀五百匁（十両）の祈祷料を払い、その総額は毎月、江戸でいうところの千両を楽に超えた。

江戸の町奉行所の乱れと死神の噂を知った熊八と峰吉は、死神と手を組んで江戸に「白袴」と同じ講を作る好機とみて江戸に下り、まずは品川の万安楼を血祭りにあげたのだ。

峰吉にとっては、万安楼の蔵に金があろうがなかろうがどうでもよかったのだが、首領の熊八が逆上し、風魔の本拠の吉原を標的にした理由がわからなかった。

権左が峰吉の茶碗に酒を注いでいると、小便を終えた熊八が戻ってきた。

「何だか、ひと雨きそうな雲行きやな」

熊八は厚い雲がたれ込めた空を見上げた。

「お頭、つかぬことをうかがいますが、風魔をご存知ですか」

峰吉はいきなり訊いた。

「ふ、風魔やて……知っとるに決まっとるやないけ」

「それでは、風魔の本拠はご存知ですか」

峰吉は畳みかけた。

「ほ、本拠って、江戸に決まっとるやないけ」

案の定、熊八は風魔について何も知らなかった。

「お頭、風魔の本拠は吉原の総籬小田原屋です。それをご存知で音吉たちを送り込んだんでしょうね」

峰吉は俯き、あえて熊八の目を見ないようにしていった。

「な、なんやて。峰吉、すぐに船を出せ、大坂に帰るんや」

「お頭、ちょっと待ってえな。音吉たちはどうするんや」

「あんなアホはほっとけ。五十両を持って逃げたに決まっとる」

熊八はあたふたとしながら、あたりを歩き回った。

「お頭、音吉たちは風魔に捕らわれたに決まっています。もし風魔が儂らとコミあうつもりなら、権左もその場で捕まっていたはずです。権左を無傷で返したということは、風魔は音吉たち三人を人質にして、儂らに何らかの取引を求めてくると思いまへんか」

「取引？　どういうことや」

「風魔は儂ら野茨組のことも、『白袴』のことも知っとるはずや」

「儂らと手を組むということか？」

「わかりません。わかりませんが、風魔の連絡を待っても損はないと思いまへんか」

峰吉の話を訊いた熊八は元いた場所に座り込み、髭だらけの顎を撫でた。

「そうやな、峰吉のいうことにも一理ある。よっしゃ、とりあえず明日の昼までは待とうやないか。それでええか？」

「へえ」

峰吉は静かに返事した。

だがこのときの決断と風魔への買いかぶりが、峰吉一世一代の誤算になろうとは、知るよしもなかった。

八

虎庵が御書院番組屋敷前にある、剣術道場「志誠館」の門前に立ったのは、ちょうど昼七つ（午後四時）のことだった。

だだっ広い剣道場の板の間の中央で虎庵が待っていると、一升の通い徳利と茶碗を二つ、つまみのスルメを盛った皿を手にした桔梗之介が姿を現わした。

「桔梗之介、今宵、野袴組退治もあるから、かまわないでくれ」

「いいじゃあないですか。飲みたいのは私なんですから。それにしても虎庵様、先ほどの死神の話ですが、じつはこの道場も奴らのおかげで大繁盛なんですよ」

桔梗之介は茶碗を虎庵に手渡すと、徳利の酒を注いだ。

「大店の馬鹿せがれどもが、剣術を習いにくるのか」

「違います。死神のせいばかりでもないんでしょうが、このところ江戸の町が不用心になったと評判でしょ。それで商人どもが自衛のために用心棒を雇い始めましてね、傘張りで糊口を拭っていた浪人どもにまで、用心棒の口が回ってきたってわけです」

「それで腕に覚えのある浪人どもが、剣術の勘を取り戻すために道場通いを始めたというわけか」

「はい、ですからうちに限らず、江戸の町道場はどこも大盛況というわけです」

「風が吹いたら桶屋が儲かるってか」

虎庵はスルメを囓った。

虎庵は特に理由があって、桔梗之介を訊ねたわけではない。

野茨組の件は今宵決着がつくにしても、死神の件と翔太の事故の件は暗中模索状態で、しかもその二件には、深い関わりがあるような気がしてならなかった。

こんな時、兄のような桔梗之介と話すと、不思議と気持ちが楽になるのだ。

「虎庵様、今度の死神って殺し屋は、たったの一両で殺しを引き受けてくれるそうですね」

「そうなんだ。俺はその安さが、どうしても引っかかるんだ」

「盗人だって首が飛ぶには十両盗まなきゃいけないというのに、たったの一両で首が飛ぶということは、侍だろうが大店の旦那だろうが、身分や財産にかかわらず命の値段は一両になったたということでしょう」

「なるほど、身分にかかわらず、命の値段は一両か……」

「たったの一両で殺されるとなると、金貸しや商人も、阿漕な取り立てはできなくなりますから、いまの腐った世も少しは良くなるでしょう。死神が何人いるかは知りませんが、賄賂を取り放題の町奉行所より、犯罪防止には役だっているでしょう」

桔梗之介はグビグビと喉を鳴らし、美味そうに茶碗の酒を飲み干した。

「和尚……」

「虎庵様、その呼び方は勘弁してくださいよ」

桔梗之介は奇麗に剃り上げた頭を照れくさそうに撫でた。

「じつは何日か前、吉原の遊女を調達していた女衒が、小塚原で死神に殺された」

「女衒なんて奴らは、娘を売った親をいかさま博打に誘い、平気で代金を巻き上げるような奴らですからね、恨んでる人間は多いでしょう」

「依頼人は吉原の遊女だった」

「え？」

「桔梗之介がいうような悪党も確かにいるが、今時は女衒が女を売り買いするといっても、それはあくまで商売の話だ」

「そうですよね。遊女が恨むとしたら、自分が売られる原因を作った親であって、それこそ逆恨みでしょう」

「俺もそう思うが、殺された女衒は、殺されるだけのことをしていたんだ」

茶碗の酒を一口すすった虎庵は、苦い煎じ薬でも飲んだように顔をしかめた。

「何をやったんですか」

「娘を買った家をその日の夜中に襲い、一家を皆殺しにして支払った金を奪い取っていたそうだ」

　自分の茶碗に酒を注いでいた桔梗之介の手が止まった。

「風魔はそれを知っていて、その外道から女を買っていたということですか？」

「いや、その女衒の行状が噂になり、佐助がすぐに獅子丸を尾行につけたのだ。だがその尾行中に、女衒は死神に襲われんだ」

「獅子丸は死神を見たんですね」

「ああ、編み笠を被った、二人組の侍だったそうだ」

「虎庵様を襲った奴と、一緒ということですね」

「身形だけはな」

　虎庵の答えを聞いた桔梗之介は、静かに茶碗の酒を飲み干し、手酌で酒を注いだ。

「虎庵様、あなたは死神に命を狙われたわけですが、このあとどうするつもりなんですか」

　桔梗之介は虎庵に向かって徳利を差し出した。

「どうといわれてもな……。お絹が俺の殺害依頼をした理由がわからぬ以上、軽々に動くというわけにもいくまい」

「風魔が大所高所に立ち、世を乱す悪党に天誅を下す正義の味方なら、死神は貧しくて弱い者の立場に立ち、極悪非道の悪党に天誅を下している。ようするに風魔と死神は、同志のようなものではないですか」

「同志だと？　では訊くが、お前さんはたったの一両で人を殺せるか」

「それは正義の問題でしょう」

「正義？」

「風魔にしたって金や褒美なんて、一銭ももらわなくとも命がけで悪党どもと戦ってきたのは、みずからの正義に従ったまでのことでしょう」

「そうだ。だが桔梗之介、風魔は敵が正義に反している証拠を掴むことができなければ、決して天誅を下すことはない。正義の鉄槌に間違いは、決してあってはならぬことだからな」

「そうでしょうか」

「どういう意味だ」

「風魔が調べ尽くし、どう考えても正義にもとる悪党だとわかっても、虎庵様は証拠がなければ天誅を下さぬというのですか」

「当たり前だろう」

「ほう、それなら悪党退治は、大目付や目付、評定所や町奉行所に任せておけばよろしいではないですか」

「……」

虎庵は言葉に詰まった。

「虎庵様っ！」

桔梗之介は珍しく、声を荒らげた。

あまりの声の大きさと迫力に、さすがの虎庵も息を飲んだ。

「かつて大権現家康様は、当時の風魔小太郎と風魔の正義を信じ、天下御免の筆架叉を授けられたのではないのですか。それは証拠など関係なく、風魔小太郎と風魔の正義にもとると判断したら、即座に天誅を下せということです」

「それはそうだが」

「わけのわからぬしきたりを作り、廓の中で身分は関係ないといったところで、吉原は上海の売春宿と同じなのです。虎庵様は吉原の風魔に、素性のわからぬ金は受け取るななどといえますか」

「いえるわけがないだろう」

「客が払った金が、強盗や御金蔵破りで手に入れたものだとしても、金に名前や素性が書いてあるわけではないから仕方ねえ、ですか」

桔梗之介は皮肉混じりで訊いた。

だが虎庵には返す言葉もなかった。

「虎庵様、家康様は吉原という苦界の、欲得と不条理の渦に身を沈める風魔だからこそ、その正義を信じただけのことです。町方よろしく証拠固めの捕り物ごっこをしろと仰せられたわけではありますまい」

「桔梗之介、お前さんのいうとおりだよ」

虎庵は患者の命をあずかればこそ、治療の失敗を恐れる。

その恐怖心が、風魔の天誅にも影響を及ぼしていようとは夢にも思わなかった。

「虎庵様、乱れていた世が治まって太平が続くと洋の東西を問わず、権力者が下々に対して人の命の大切さを説き始めるのはなぜですか」

桔梗之介は手にしていた茶碗を床に置き、虎庵の目を凝視した。

「乱世に戦で千人殺せば英雄だが、太平の世で人の命を奪った者には、その者の一命をもって償わせる……。ようするに権力者が、自分への反逆の芽を摘むためだ」

「そのとおり。手めえが奪った数千、数万の命は棚に上げ、いけしゃあしゃあと命の価値を語るのです。人間にとって大切な命とは己の命のみ、だからこそ己の命を奪われる殺しを否定する。人の命の大切さを理解し、認めているからなどではありません。それが真実であり、私が上海で異人たちを見て学んだことです」

「桔梗之介、人の命についての考え方は人それぞれと思うが……」

「ではうかがいますが、虎庵様は医者です。医者は生者から命を奪えますが、ならばなぜ死者に命を与えられぬのです」

「難しい問いだな」

虎庵は桔梗之介の言葉を聞き、いくら話したところで何も救われることがないことを悟った。

――何があったのか知らないが、侍然とした桔梗之介の死生観は変わってしまったというのか。

虎庵は手にしていた茶碗を置いた。

「虎庵様、良仁堂の門前で殺された翔太の件ですが」

「ん？　それがどうかしたのか」

「風魔は泣き寝入りなんて理不尽を容認するのですか」

「そういう法がないのだから仕方あるまい」

虎庵は桔梗之介を挑発するように、あえて心にもないことをいった。

「また法ですか」

「そういうわけではないが、佐助と角筈一家の金吾親分に、いろいろ調べてもらっているところだ」

「左様ですか。いくら馬上にいても、人とぶつかりゃすぐにわかります。にもかかわらず、馬を止めようともせず逃げた下手人がわかったら、そいつに天誅を下しますか」

「相手が侍なら、評定所に任せるしかあるまい」

「それは武士が、武士に都合がいいように作った仕組みでしょ。下手人が武士とわかれば、どう転んだってはした金の見舞金を渡されて一件落着です。幼い子供の命と未来を奪い、母親を哀しみのどん底に突き落とした野郎が、お咎めなしでのうのうと生きていく、それを公然と許す幕府に正義がある、それでいいと虎庵様はお考えなのですか」

「桔梗之介、何がいいたいのだ」

らしからぬ発言を繰り返す桔梗之介に、虎庵は困惑した。

虎庵の知っている、無類の女好きだが質実剛健を旨とし、武士道にすべてを捧げてきた侍のものではない。

それはまさに、死には死をもって報いる死神の論理だった。

――まさか……。

脳裡をよぎった嫌な予感に、虎庵の心臓が早鐘を打った。

桔梗之介が変わったのか、それとも自分が変わったのか……。

虎庵には答えの出しようもなかった。

九

夜半過ぎ、分厚い雲が完全に月を覆っていた。

一町ほど先では、いくつか提灯の明かりを灯した弁才船が波間にたゆたい、あたりは闇に包まれていた。

「お頭、あの船です」

大型の屋形船の舳先にいた佐助は、そういって振り返ると手にしたガンドウに火を灯し、後続の船に向かって振った。

ほどなくすると、二挺艪の猪牙舟が次々と虎庵たちが乗った大型の屋形船を追い越していった。

「佐助、ゲンゴロウはどうした」

「あれです」

舷側に五丁ずつ艪を突き出した漆黒の亀甲船が、静かに屋形船の右手を通過した。

「先生、あれはなんですか」

軍船など縁のない金吾が訊いた。

金吾は本来なら品川の海岸沿いで待ち伏せし、上陸してきた野茨組を始末するはずだったが、一家の指揮は代貸しの牙次に委ねた。

なぜなら、今回駆り出された若衆の中には、牙次でも手を焼く流れ者が加えられている。

牙次は野茨組退治にかこつけて、そんな流れ者を戦闘に見せかけて殺害するつもりだった。

この手の裏仕事は、親分の気持ちを忖度した代貸しの役目であり、その場に親分がいては子分たちへの示しがつかない。

牙次が、虎庵たちと行動を共にしてくれといったのも当然だった。

「あの船は全体が鋼鉄で覆われていてな、船首にはエゲレスの大筒が装備されているんだ」

「大筒なら、遠く離れた安全な場所で使ったほうが、いいんじゃねえですかね」

「ちゃんと当たればな」

「え？」

「陸地なら五丁離れた所でも、あの大筒で二発に一発は命中させられるが、不安定な海の上では話が違う。確実に敵船に命中させるには、夜陰に乗じてあいつで敵船の舷側に近付き、至近距離で発砲するのが一番だ。あの程度の弁才船なら砲弾は船体を貫通し、あっという間に沈没させられるんだ」

「ゲンゴロウという名前の割には、恐ろしい船ですね。船体も屋根も鋼鉄で覆われているから、弓や鉄砲の攻撃なんざ屁でもねえでしょうし」

「ま、そういうことだ」

ほどなくして虎庵と金吾が舳先に向かうと、佐助が前方に向かってガンドウを大きく振った。

するとと弁才船を囲むようにして配置された猪牙舟が、点々と灯りを明滅させた。

「お頭、全員配置につきました」

「佐助、ゲンゴロウはどこだ」

「あの灯りがそうです」

佐助が指さした先で、ゲンゴロウの後尾にくくりつけられたガンドウの灯りが光っていた。

「あれじゃあ、弁才船の連中は気付きませんね」

金吾は虎庵たちのヒリつくような緊張を察して腕を組み、右足を船縁にかけた。

「お頭、ゲンゴロウの灯りが二つになったら標的まで十間で、敵にも目視が可能になるかと思います」

「うむ。灯りが二つ灯ったら、すぐに発砲しろ。近付きすぎれば、敵の折れた帆柱で巻き添えをこうむらねえとも限らねえからな」

虎庵がいったのと同時に、ゲンゴロウの二つ目の灯りが灯った。

すると佐助が手にした弓で、火矢を打ち上げた。

野茨組の弁才船を取り囲んだ猪牙舟が一斉に提灯と松明を灯した。

弁才船では歩哨に立っていた男が灯りに気付き、わけのわからぬ奇声を発した。

その声を聞いた野茨組の者どもが、船倉や船室から次々と飛び出した。

「こ、これはどういうことやっ！」

首領の熊八は船縁から身を乗り出した。

「お頭、あれを見てください」

副首領の峰吉が指さしたゲンゴロウの、脇に控えた猪牙舟には「風魔」と墨痕鮮やかに書かれた提灯が掲げられていた。

「ふ、風魔って」

「お頭、いよいよ風魔のお出ましです。しっかり頼んまっせ」

峰吉は「野茨組」と書かれた提灯を熊八に差し出した。

「せ、せやな」

着物の襟元を整えた熊八は提灯を受け取ると、ゲンゴロウに向かって左右に大きく振った。

その瞬間のことだった。

ゲンゴロウの船首の大筒が、轟音とともに火を噴いた。

弁才船を襲った激しい衝撃に、十名ほどの野茨組が次々と海中に落下した。

「峰吉、どういうこっちゃっ！」

熊八は船縁に隠れ、頭を抱えていた。

「お頭、舷側にドデカイ穴が開いとる。このままじゃすぐに沈没やっ！」

峰吉は熊八の帯を掴んで立ち上がらせると、そのまま海中に突き落とし、自分も後に続いた。

それを見た野茨組も、次々と海中に飛び込んだ。

至近距離からの砲撃を受けた弁才船は、舷側に開いた巨大な穴から浸水し、すでに傾き始めていた。

海面では沈没する船の渦に巻き込まれまいと、野茨組が風魔の猪牙舟を目指して必死にもがいていた。

だが、猪牙舟に泳ぎ着いても、船縁を掴んだ手に覆面姿の風魔が手にした松明が、容赦なく押しつけられた。

それでも野茨組は溺れまいと何度も船縁を掴んだが、その度に手を踏まれ、松明が押しつけられた。

そうして力尽きて海中に没する仲間を尻目に、熊八と峰吉は、

「みんな、浜やっ、浜に向かって泳ぐんやっ！」

と叫びながら必死で泳いだ。

一方、浜辺ではすでに脇差しや竹槍など、思い思いの武器を手にしていた牙次たちが、じっと洋上を見つめていた。

「代貸し、いよいよですぜ」

鉢巻きに襷、尻っ端折りにし、牙次の護衛を命じられていた闇烏の大助と小助が、振り返りもせず同時にいった。

緊張のせいか、ふたりは妙に肩をいからせている。

「そうみてえだな」

牙次は表情ひとつ変えず、両手に持った匕首を寝かせ、ふたりの背中から同時に心臓を貫いた。

ふたりは悲鳴もあげず、砂浜に音もなくくずおれた。

「みんなっ、いよいよだっ、殺してもかまわねえが、何人かは生け捕りにするんだ」

「へいっ！」

五十人近い若衆が声を揃えたとき、最初に浜に泳ぎ着いたのは熊八と峰吉だった。

這々の体で泳ぎ着いたふたりに駆け寄った若衆は、手にした孟宗竹の竹槍を次々と打ち下ろした。

あたりにゴンゴンという音が鳴り響き、熊八と峰吉はその場で昏倒した。

「よし、そいつらはとりあえず生け捕りだっ！　いいかっ、後で刃向かう奴がいたら殺したってかまわねえからなっ！」

牙次はそう叫ぶと、熊八と峰吉に縄を打った。

あたりでは野茨組の絶叫がこだまし、阿鼻叫喚の地獄絵図が繰り広げられた。


船体が完全に海中に没したのを確認した金吾は、組んでいた腕を解き、船縁にかけていた足を戻した。

「先生、船ってのは、沈み始めるとあっという間ですね」

「そうだな」

虎庵が煙草入れから、キザミを詰めた煙管を取り出すと、すかさず佐助がガンドウの火を差し出した。

「おっ、牙次の方も終わったようです」

浜辺から打ち上げられた、火矢を確認した金吾がいった。

「親分、後はお前さんと左内に任せたぜ」

「はい」

「佐助、それじゃあ俺たちも帰るとするか」

虎庵はそういうと、鼻からもうもうたる紫煙を吐いた。

虎庵の言葉に、佐助がもう一度火矢をあげると、猪牙舟の明かりが次々と消えた。

すると突然、雲間から月が現れ、鏡のように穏やかな洋上を照らした。

次々と大川を目指す猪牙舟の間で、突然、水しぶきが上がった。

どうやら、溺れていったん気を失った残党のひとりが意識を取り戻し、もがき始めたようだ。

何やら叫んでもいるようだが、その声も漆黒の海に吸い込まれ、激しかった水しぶきが段々弱まり、ついにはまったく無くなった。

残党の近くにいた猪牙舟は、すでに虎庵たちが乗船している屋形船の脇を通過し、月明かりに威容を現わしたゲンゴロウも、ゆっくりと移動を始めている。

「よし、帰還だっ！」

虎庵の声で動き出した屋形船が、大きく旋回を始めた。

第三章　待ち伏せ

一

　翌朝、虎庵は愛一郎の声で目覚めた。

「先生、今夜あたり、野分がきそうです」

　愛一郎が虎庵の寝所の外でいった。

「野分」とは台風のことだが、雨台風にしろ、風台風にしろ、毎年この時期にくる台風は大型で、安普請の長屋に住む江戸庶民は大変な被害を被っていた。

「愛一郎、佐助はどうした」

「はい、夜明け前に吉原に向かいました。野分だからって、吉原の大門は閉まりませんし、この大風じゃどこかで火が出れば、吉原どころか江戸が丸焼けになっても不思議じゃありませんからね」

「そうか」

「この屋敷は野分くれぇじゃビクともしねぇが、火の始末だけは頼むぜっていってました」

良仁堂は五年ほど前、敵の襲撃で一度焼け落ちた。

焼け落ちる前の屋敷は単なる武家屋敷で、野分がくれば大騒ぎだったが、佐助の指示で再建された屋敷は瓦葺きから銅葺きの屋根になり、壁は分厚く白い漆喰で塗り固められた。

地下室や向かいの寺に通じる地下道、回転扉で隠された食料庫や武器庫など、秘密部屋がいくつも作られ、虎庵はいまだにその全貌を掴んでいないほどだ。

屋敷を取り囲む高さ二間程の土塀には、忍び返しや狭間が施され、武家屋敷というよりは江戸市中に建てられた要塞で、分厚い一枚板の雨戸を閉めれば、野分など恐るる足りなかった。

床を出た虎庵は襖を引き、厠に向かった。

用を足し終えて書院に戻ると、縁側に座った愛一郎が、猛烈な勢いで雲が流れていく空を不安げに見上げていた。

「愛一郎、これじゃあ往診は無理だな」

「かなり酷い嵐になりそうですね。今日は黒門町界隈で二件、骨折の患者ですから、後で薬だけは届けておきます」

「たのんだぜ。しかし、愛一郎……」

「はあ、何でしょう」

「昨夜の野茨組退治、一日遅れていたら大変なことになっていたな」

「そうですね。小田原屋に捕えられた仲間を取り返すために、この野分に乗じて火を放たれでもしたら……」

愛一郎はブルッと身震いした。

「そうだな、紙一重だったな」

「ところで先生、お絹さんの件は何かわかったんですか。佐助兄貴に聞いたところでは、お絹さんが死神に先生殺害を依頼したのに本人が長屋で殺されていたって、どうなっちゃっているんですか」

「お絹が素っ裸で殺されていたことは聞いたか」

「いえ。首を掻き切られ、背中から心臓をひと突きだったとは聞きましたが」

「金吾親分が摩利支天横丁の角で拾った薬籠だが」

「翔太を馬で刎ね飛ばした侍が、落としたとかいう奴ですよね」

「あの薬籠に付いていた髑髏の根付けだが、翔太の親父でお絹の亭主、元中町奉行所同心、福田政次郎が所有していたことがわかったんだ」

「確か死神の正体は、消えた元中町奉行所の拷問掛同心のはずでしたよね」

「左内はそう睨んでいるようだが、確たる証拠があるわけじゃねえんだ。だが問題は福田政次郎も、ゲロ政と呼ばれる五人の拷問掛のうちのひとりだった」

「前にお絹さんに聞いたんですが、旦那さんは労咳が原因で、中町奉行所が廃止になる前に辞めたのではないですか」

「奉行所の記録では他の四人と同様に、中町奉行所が廃止されてすぐに死んだことになっている」

「つまり、元中町奉行所の拷問掛同心が、一度死んで死神として甦った。福田政次郎もそのひとりだった。しかも福田政次郎の女房は、亭主の死後に謎の男の子を孕み、死神に先生殺害を依頼したのに、その本人が何者かに殺されたということですか。先生、今日もお熊さんは来るでしょうから、もう少し福田政次郎について聞いた方が良さそうですね」

「そうか、お熊なら何か知っているかも知れないな」

「ならば……」

愛一郎は片膝を突いて立ち上がろうとした。

だが何かを思いついたように座り直した。

「しかし先生、今晩は飛鳥山の料亭扇屋で、左内の旦那が江戸の町名主どもに送別会いてもらうんですよね」

「しかも、今日が死神から予告された殺害日だ。奴の警護は金吾親分たちが万端整えているはずだし、この天気じゃなあ。どうやら死神は俺の襲撃失敗でツキが落ちてるみてえだな」

「しかしそうなると、左内の旦那はついてるんだか、ついていないんだか、わからないお人ですね」

「左内のことはまあいいや、それより愛一郎、お熊がきたらここに通してくれ」

「はい。それでは……あ、先生、朝餉はこちらでよろしいですか」

「そうだな。握り飯と味噌汁を……お熊の分も頼むぜ」

「かしこまりました」

　愛一郎は丁寧に頭を下げて部屋を出た。


　お松に案内されたお熊が書院に現れたのは、それから半刻後のことだった。

「はあー、ほー、はー」

　あたりを見まわしては、わけのわからない溜息をついてまわるお熊は、最後に庭をみて「ひっ」という小さな悲鳴をあげ、縁側にへたり込んだ。

「な、なんて庭だい。昔、お世話になった中町奉行所の奥座敷で見た御庭みたいじゃないか。はあー」

「なんだ、お熊はお縄になって、中町奉行所の厄介になったことがあるのか」

「あたしゃねえ、昔、中町奉行所で女中をしてたんだよ。馬鹿をおいいでないってんだ……って、先生、こんなところで何をしてんだい」

振り返ったお熊は、ようやく虎庵に気づいた。

「こんなところで何って、ここは俺の家じゃねえか。いいからそこに座れよ」

「そ、そうでしたね。ここは良仁堂でした。今日はここで、いつもの治療していただけるんですか」

いつもの髪を後ろで纏めた作務衣姿ではなく、濃紺の紗の単衣を着流して正座する虎庵の凛とした姿をお熊はうっとりと見つめた。

そしてお熊は、おずおずと虎庵の前に置かれた座布団に座った。

そこにお松が、握り飯と味噌汁を載せた膳を運んできた。

「お熊、朝飯はまだだろう。遠慮無く食えよ」

「は、はい。先生、今日はどうしたってんですか」

無情にもお熊のお腹が「グウ」と鳴り、お熊の顔が柿の実のように赤くなった。

「お前さん同様、腹の虫も正直だなあ。なあに、ちょいと聞きたい話があるのよ。握り飯の具は、アサリの佃煮と塩鮭だ。ささ、遠慮するなよ」

「アサリの佃煮に塩鮭？　それじゃあ、お言葉に甘えまして」

お熊は握り飯を掴むと、夢中で頬張った。

「じつはな、お絹の亭主のことなんだが……」

「福田様のことですか？」

「旦那ってのは、南町奉行所の同心だったそうじゃねえか」

虎庵は豆腐の味噌汁をすすった。

「あの夫婦が長屋にきたのは、かれこれ六年以上も前になりますかね。突然、大家の所に身形のいいお武家様がおみえになって、南町奉行所の同心福田政次郎が故あってお役御免になった。ついては部屋を貸してくれと仰いまして、家賃の前渡し金十両を置いていかれたんですよ」

「そのお武家は……」

「あの身形からすると、福田様の上司の与力とは思うんですが、頭巾を被ってらしたので……そうそう、薬を飲みたいからとお水を頼まれましてね、亀甲に花菱の紋が入った薬籠からお薬を取り出されたんですよ」

「亀甲に花菱の紋が入った薬籠か。他に何か覚えていることはないか」

虎庵は敢えて、興味がないといった風情で聞いた。

「他にねえ……そういえば薬籠に付いてた根付けが気味の悪い代物でね、髑髏だったんですよ」

「そいつぁ、趣味の悪い野郎だな。福田とお絹がきたときは、何か変わったことはなかったか」

「変わったも何も、引っ越してきたその日に翔太坊が生まれましてね、初産だったこともあって、大騒ぎだったんですよ」

お熊は二つ目の握り飯を手にした。

そして一口囓り、具の塩鮭を確認すると、満足そうに頷いた。

「確か福田は、傘張りで糊口を凌いでいたんだよな」

「ええ、でも毎月仕上がっても十本程度でね、あの程度の手間賃じゃ、屁のつっかい棒にもならないですよ。福田様は不器用でね、そりゃあ酷い仕上がりで、あれで手間賃をいただけるなら、あたしもやろうかと思ったくらいですよ」

「そういえば福田が死んだ晩、俺も長屋でその傘を見たが、妙な皺がたくさん入っていた。あれじゃあ売り物にならねえよな」

「でしょ？　それなのにあの傘屋ときたら旦那が亡くなる前日まで、毎月朔日と十五日の二回、目つきの悪い番頭が必ず集品にきていましたよ」

「その傘屋ってのは」

「本所、番場町にある『傘徳』ですよ」

「ふーん。傘張りをしてねえとき、福田は何をしていたんだ」

「何って、ぶらぶらしてましたよ。時々、両国広小路で見かけましたけど」

「傘徳の番頭というのは」

「長吉っていいましてね、酒癖の悪い嫌な野郎ですよ」

「さすがにお熊は何でも知っているな。しかしなんでまた、お前さんはあの一家の面倒をみていたんだ」

「一家の面倒をみたわけじゃなく、翔太坊が可愛かっただけですよ」

「お絹とだって仲が良かったじゃねえか」

「旦那が死ぬ前まではね」

「死んでから何かあったのか」

「何かって、女手ひとつで子供を育てる苦労はわかるけど、あたしゃ、お絹ちゃんみたいな生き方は好きじゃないんですよ」

　三つ目の握り飯を掴んだお熊の目に怒りが宿った。

「どうした、お絹と何かあったのか」

「いえ、いいんですよ」

　お熊の目から怒りが消え哀しみに変わったが、それ以上は何もいわずに握り飯を囓った。

そして具がアサリの佃煮とわかると、小さな溜息をついた。

「何だ、お熊は塩鮭が好きなのか」

虎庵の言葉に、お熊は口をへの字にして頷いた。

「ならばこれを食え、こいつは塩鮭だ」

虎庵が自分の握り飯が乗った皿を差し出すと、お熊は嬉しそうに受け取った。

二

お熊との会話はかれこれ半刻ほど続いた。

だが、虎庵が期待した決定的な情報を聞けぬまま、お熊は帰り支度を始めた。

お熊から秘密の話を聞きたければ、お熊の欲しがる秘密を教えるのが鉄則だが、虎庵には教えられる秘密はひとつしかない。

虎庵はその秘密を口にすることができずにいたが、縁側に立って庭を眺めるお熊の背中に、ついにその秘密を明かした。

「お熊、じつはお絹は子を孕んでいたのだ。五ヶ月ほどだった」

「え？」

思わず振り返ったお熊の目から流れた涙が一筋、頬を濡らした。

「あれほどいったのに、馬鹿なコだよ」

「お熊は腹の子の父親を知っているのか」

「はい」

「そうか、お絹は身持ちの堅い女と聞いていたのだが……」

虎庵は座ったまま煙管の雁首にキザミを揉み込んだ。

「じつは先生、今年の二月の末、翔太坊をひとり置いて家を出るお絹ちゃんを、諫めようと思って後を尾けたんですよ。そうしたらあのコ、一直線に池之端の待合い茶屋に入っていったんですよ」

「待合いにひとりでか」

「あたしゃ、体でも売ってるんじゃないかと心配になりましてね、近くで見張っていたんですよ。それで一刻半（三時間）ほど経った頃ですかね、お絹ちゃんが男と出てきたのは」

「相手の男の顔は見たのか」

「見たも見ないも、北町の与力の田口様だったんですよ」

「北町の田口？」

虎庵は聞き慣れぬ名前に首を傾げた。

「鼻の右脇に、目立つ大きな黒子がありましてね。しかも……」

「どうしたい」

「さっきは話しませんでしたが、田口様も亀甲に花菱の紋が入った薬籠を下げていらして、しかも根付けが部屋を借りにきた身形のいい侍と同じ髑髏だったんですよ」

「間違いねえな」

「間違うわけありませんよ。田口様はあたしが中町で女中をしてた頃、お絹ちゃんの旦那の上司だったんですが、中町奉行所が廃止になったあと、浦賀奉行所勤めになりましてね、二年ほど前に江戸に戻ってらしたんですよ」

この二年、虎庵は佐助に統領代行を命じ、良仁堂での治療に専念していたため、南町奉行所与力の木村左内と会ったのも二年ぶりだったし、もともと左内以外、町奉行所の与力に知り合いもいなければ、町奉行所内部のことなど興味もなかった。

「その田口ってのは、どんな男だい」

「そうですねえ、年の頃なら三十二、三、身の丈は中肉中背で、ちょっとした色男ですよ。だからお絹ちゃんの気持ちもわからないわけじゃないんだけど、よりによって亭主の上司とできちゃうなんて、洒落にならないでしょ」

「ありがちな話だがな」

「それで翌日、あたしが偶然、池之端でお絹ちゃんを見かけたといったら、それっきりあたしを避けるようになって、口もきかなくなっちゃったんですよ。どういう事情があったか知らないけど、あたしゃそういうのって大嫌いなんですよ。さあて、誰にも話さなかった秘密を話したら、なんだかすっきりしましたよ」

お絹はそういうと、虎庵の前に歩み寄って尻を突き出した。

「な、なんだ」

「お絹ちゃんのことを思い出したら、なんだか疼いてきちゃったんですよ」

虎庵がいつものようにお熊の尻っぺたをピシャリと叩くと、

「それじゃあ先生、また明日」

お絹はお尻を振り振り、軽い足取りで部屋を出た。

——北町奉行所与力の田口……どういう野郎なんだ。

虎庵は煙草に火をつけるのも忘れ、冷たくなった味噌汁を一息で飲み干した。


昼前、だいぶ風が強くなり、断続的に小雨が降り始めた。

お熊に話を聞いたのはいいが、考えがまとまらぬまま縁側に立った虎庵が空を見上げると、分厚い雲が猛烈な勢いで流れていった。

「よっ、先生が空を見上げるなんて珍しいじゃねえか」

木村左内と金吾親分が、突然、庭先に現れた。

北町奉行所与力の田口について訊くには、適任の男の来訪だった

「なんだ、昼間っから町中をうろつきやがって。いいのかよ、今日で寿命が尽きようってのに」

「まあな。だが野分がくるってのに歓送会もねえだろう。仕方がねえから、朝っぱらから名主のところに挨拶回りよ。奴らに迷惑掛けるわけにはいかねえからな」

「お天道様はな、お前さんの日頃の行いを見てるってことよ。おっ、雨が吹き込んできやがった。ぐだぐだいってねえで上がれや」

虎庵は金吾に草履を置くための木台を指さし、さっさと座敷に戻った。

「ほれ、手ぶらじゃなんだからな」

左内は香ばしい鰻の蒲焼きの匂いが漂う包みを差し出した。

包みはまだ温かく、虎庵は茶の用意をして現れたお松に手渡した。

お松はどこで庭先の様子を見ているのか知らないが、茶にしても酒にしても、用意する頃合いの見切りは抜群だった。

「そうだ、お前さんに訊きたいことがあったんだ」

「ん？　いきなりなんだ」

左内は音を立て、熱い茶を啜った。

「前に桜肉を持ってきてくれたことがあったよな」

「ああ、あれか。あれがどうかしたか」

「確か日本堤の蹴飛ばし屋から貰ったとかいっていたが……」

「北町の与力の馬が尻に怪我をしたとかで、処分したいから蹴飛ばし屋を紹介してくれといわれてな、それで日本堤の『駒忠』に話を持っていってやったんだ」

「北町って……」

「田口伊右衛門という与力でな、飛鳥山近くで馬乗りの練習をしていたそうだが、その時に転んじまい、馬の尻に鷹狩りで使われたと思しき矢が突き刺さっちまったそうだ。何でもヤジリが錆びていたのと、尻の筋を切っちまったようで脚を引きずりだしたとかで処分を決めたそうだ」

左内が口にした衝撃的な名前に、虎庵は思わず息を飲んだ。

虎庵は茶を一口飲んで心を落ち着かせた。

「与力のくせに馬乗りが下手とはな」

「奴はもともと中町の年番方にいてな、その前は下田の奉行所で勘定方、浦賀奉行所ができたのを機に中町奉行所に移動し、そのあとは堺奉行所でも銭勘定をしていたそうで、武芸はまるでダメときてる。馬に乗れなくても無理はねえんだ」

「旦那はやけに詳しいが、北町と南町の与力は犬猿の仲じゃないのかね」

「そういう陰口を叩く奴もいるが、所詮は同じ穴のムジナだ。仲が悪いわけがねえだろうが」

「なるほどな。ところで、今日はどうしたい」

「昨日の野茨組退治の件だよ」

「なんのことかわからねえな」

「まったく食えねえ野郎だな。じつは金吾がとっ捕まえた一味の中に、首領と副首領がいやがってな、大岡様も大喜びよ」

左内は飲み干した茶碗をわざとらしく逆さまにして振った。

するとそれを見ていたかのように、お松とお雅が昼餉の膳を運び込んだ。

膳にはお雅が蒸しなおした鰻の白焼きと漬け物が配されていた。

「蒲焼きはもう少しお待ち下さい」

お松は左内に向かい、丁寧に頭を下げた。

「お松、お前さんはいつ見ても美しいねえ。あの下駄顔亭主にはもったいなさすぎるぜ」

左内は皮肉をいうと、首を伸ばしてあたりの様子をうかがった。

生憎、亀十郎は佐助とともに、朝方から吉原に向かっていた。

下手をすれば今日までの命というのに、いつもと変わらず飄々としている左内は、やはり将軍の特命を受ける御庭番なのだと思った。

「金吾親分、良かったじゃねえか」

「へえ、ありがとうございます」

金吾は左内に気付かれぬよう、虎庵に向かって片目を瞑った。

「京都奉行所がかけた賞金五十両と、お奉行からの報奨金は確実だ。それで俺が気をきかせ、この鰻を奢らせたってわけよ」

「旦那にいわれなくたって、それくらいの気はつかうよな。でなけりゃ、こんなボンクラ同心の警護を買って出られるわけがねえじゃねえか。それも無料でよ」

「ま、そういうことだな」

左内は白焼きの切り身を口に放り込むと、茶碗の酒を一口含んだ。

切れのいい辛口の酒が、まったりと口中に広がった鰻の脂を洗い流す心地よさに、左内は得も言われぬ笑みを浮かべた。

「けっ、さすがはお松。人肌のぬる燗とは気が利いてるねえ。夏場の白焼きを冷や酒で食う、田舎もんの気が知れねえや」

左内の嫌味も、いつも通りの切れの良さだった。

「ところで旦那、さっき歓送会は中止にしたといっていたが、今夜はどうするつもりなんだよ」

虎庵も白焼きを口に放り込んだ。

口に含んだぬる燗の酒と脂がない混ぜになり、香ばしさが鼻腔を抜けた。

「そうさなあ、ここで朝まで飲み明かすってのはどうだ」

「俺はかまわねえが、吾妻橋か両国橋の真ん中で待ち伏せするってのはどうだ。死神と内与力が繰り広げる、野分の中の決闘よ」

「おいおい、お前さんたちは何をするんだ」

「心配するな。死神が逃げられねえように、金吾親分と角筈一家の若衆が橋の東側を固め、西側は俺たち風魔が固めてやるよ。それなら安心だろ」

虎庵は左内に温かい徳利を差しだした。

「死神が複数できやがったらどうするんだ」

「どうもこうもねえよ。俺たちは固めているだけだから、そのまま旦那が殺られるところ見ているだけよ」

「けっ、冗談じゃねえってんだ」

「何をいってやがる。俺だって死神に狙われているんだ。俺が下手に姿を見せようものなら、俺まで殺られちまうかも知れないだろうが」

虎庵は茶碗の酒を飲み干した。

「先生、大丈夫ですよ。先生に死なれたら、左内の旦那と違って江戸の病人は大弱りです。あっしらが間違いなく御助けしますよ」

金吾が虎庵に徳利を差し出した。

「けっ、どうせ俺は嫌われ者の不浄役人だよ。勝手にしやがれってんだ」

左内が豪快に笑うと、それにつられた虎庵と金吾の笑い声が屋敷内にこだました。

三

江戸を襲った野分は結局上陸することもなく、駆け足で北上した。

とはいえ猛烈な風が残した爪痕は酷く、良仁堂の庭の真ん中にはどこのものかはわからないが、暴風に運ばれてきた長屋の板葺き屋根が鎮座していた。

虎庵が二日酔いで痛む頭を振りながら、廊下を書院に向かうと左内の怒鳴り声が聞こえた。

「おう、ここは蘭方医院だからって、気い抜いて怪我すんじゃねえぞっ！」

庭先では諸肌を脱ぎ、色とりどりの刺青が彫られた上半身を晒した角筈一家の若衆が、かけ声をかけながら屋根を破壊して薪にしていた。

「金吾親分、すまねえな」

庭で若衆に指図する金吾に、虎庵は顔をしかめていった。

若衆が何人いるのか数えるのも億劫だった。

「先生、二日酔いですか」

振り返った金吾は、爽やかな笑顔でいった。

昨日の昼に始まった左内と金吾との酒宴は、夕刻には嵐が勢いを増したこともあり、良仁堂の周囲を警護していた金吾の子分たちも屋敷にあげ、盛大な宴となった。

左内の歓送会を名主に代わって行なったようなものだが、死神に狙われた左内を警護する緊張から解かれた開放感と、頑強な良仁堂の屋敷が醸し出す安心感に、左内も若衆もことのほか酒がすすんだ。

おそらく、若衆も左内も虎庵同様に二日酔いのはずだが、ひとり何ごともなかったように涼しい顔をしている金吾はさすがだった。

半刻ほどして若衆が屋根の解体を終え、庭に飛んできたゴミを掃除し終えると、金吾が振り返った。

「左内の旦那、問題の一日は過ぎましたが、今日はどうします」

「そうだな。お奉行には事情を話して許しは得ているが、いつまでもここに隠れているわけにもいかねえし、奉行所に行くとするか」

「わかりやした。おう、これから南町奉行所に行くぞっ！」

「へえっ！」

十名ほどの若衆が両膝に両手をつき、腹に響くような返事をした。

「金吾親分、朝飯くらい食っていけよ」

「先生、昨夜は若衆までゴチになっちまいました。どうぞ、お気遣い無く」

金吾が頭を掻いたとき、握り飯を山盛りにした大皿を抱えたお松が現れた。

その背後には味噌汁の椀を乗せた大盆を抱えるお雅と愛一郎もいた。

「ほら見ろ、もう用意しちまったんだから、責任もって食っていけ。それと親分、ちょっといいかな」

「へい。それじゃあみんな、お言葉に甘えてゴチになれ。飯粒ひと粒たりとも残すんじゃねえぞ」

金吾はそういって鉢巻きを取ると、虎庵の後を追った。


昼過ぎ、虎庵と金吾が蹴飛ばし屋「駒忠」で待っていると、佐助が姿を現わした。

佐助が虎庵の向かいの席につくと、珍しい色男の三人組にお運びの娘が溜息をついた。

「おう、早かったじゃねえか、吉原の様子はどうだ」

「あの大風でしたから、瓦が何枚か飛びましたが他は無事でした」

佐助は何ごともなかったようにいった。

だが、その両手の指と甲にできた真新しい生傷が、昨夜の苦労を物語っていた。

「そうか、それなら安心だ」

「先生、確か昨日は、左内の旦那の……」

「心配は無用だ。朝には歓送会の中止を決め、さっさと名主どもに挨拶回りだ」

「ひとりでそんな危ねえ真似を……」

「金吾と若衆十人を引き連れてだよ。あいつの懐は渡された餞別の小判でパンパンでな、腹が冷えたのか今朝方まで何度も厠通いだ。おっ、肉が煮上がったようだぜ」

「今朝方までって、先生も一緒だったんですか?」

「一昨日の野茨組の一件で、金吾親分たちが生け捕った野郎の中に首領と副首領がいたそうでな、大喜びのお奉行が報奨金をくれるんだってよ。それで親分が、その分け前として鰻を買ってきてくれたのよ。な、親分」

「先生、洒落がきついっすよ」

金吾は小鉢の生卵を溶いた。

「それで昼酒が始まり、夜は警護の若衆も誘って朝まで大宴会。俺たちが名主に代わって歓送会をしてやったようなもんだな」

「そういうことですか」

佐助も生卵を溶いた。

「おおっ、やっぱり肉は柔らけえ馬にかぎるな。猪も悪かねえが、俺はあの甘い脂が苦手なのよ。さあ、お前たちさっさと食えよ、肉が硬くなっちまうぞ」

虎庵に促され、鍋に箸を延ばした金吾が口を開いた。

「先生、そろそろここにきた理由を教えてくださいよ」

「そうだったな。じつはお熊から聞いた話なんだが――」

虎庵はお絹と亭主の福田政次郎が、次郎兵衛長屋に住むことになった経緯から、お絹と北町奉行所与力田口伊右衛門とができていたことまで事細かに話した。

「先生、田口伊右衛門って、昨夜、左内の旦那が話していませんでしたか。確か馬乗りが下手とか上手いとか」

「まあな。じつはその田口伊右衛門が、ここにきた理由なのよ」

虎庵は佐助と金吾を交互に見て、にやりと笑った。

半刻後、店の客がいなくなると、虎庵はお運びの娘に主人を呼ぶようにいった。

前掛けで手を拭きながら現れた主人は、見知らぬ虎庵に訝しげな顔をした。

だが虎庵の向かいに座る小田原屋の番頭頭佐助を見て、ホッとしたように頬をほころばせた。

「ご主人、何日か前に北町奉行所から引き取った馬について、少しばかり聞きたいことがあるのだが」

北町奉行所という言葉を聞いた主人の頬が、一瞬、ひきつった。

「へ、へえ、それが何か」

「なんだ、妙に緊張してるじゃねえか。俺たちは別に怪しい者ではない。俺たちは南町奉行所内与力の木村左内様に、お前さんが渡した桜肉を馳走になり、あまりに美味かったものだからきたのだが……」

虎庵は不満げにいった。

「え？　木村左内様のお知り合いとは露知らず、失礼をいたしました。どうぞ、何なりとお申し付けください」

左内の名を聞いた途端、態度を豹変させた主人の商人らしい節操の無さに、虎庵は虫ずが走った。

「別にたいしたことじゃないのだ。北町奉行所から引き取った馬は怪我をしていたそうだが、どこか変わった様子は無かったかと思ってな」

「栗毛の馬だったとは聞いておりますが、私が北町奉行所に引き取りにいったわけではございませんので、変わった様子といわれましても……」

「ほう、なぜ自分で確かめにいかぬのだ」

「私の所では、馬の引き取りと解体は、みちの者の満吉に頼んでおりますので……あ、少々お待ちください」

主人は何を思い出したのか、慌てて調理場に走った。

ほどなくして戻った主人は、虎庵に晒しでくるんだ細長い物を差し出した。

虎庵が包みをほどくと、見覚えのある小柄が現れた。

「満吉がいうには、これが馬の尻尾に絡まっていたそうです。たぶん、馬の尻に刺っていたものが、何かの加減で尻尾に絡まって抜けたのではないでしょうか」

「なるほどな。俺は転んだ際に鷹狩りで捨て置かれた、古い錆びた矢が刺さったと聞いていたのだが……」

「私もそのようにうかがっていたのですが、思いのほか傷は深く、尻の大切な腱を傷つけられていたようなんです。これが尻尾に絡んで抜けたのに気付かず、そういうことにしたのではないでしょう」

「拝見させてもらうぞ」

虎庵は鋼から研ぎ出しただけの、まったく飾り気のない黒光りする小柄を佐助に手渡した。

ギラついた目をした佐助が、小柄をつぶさに調べた。

「珍しいもんですね」

佐助はそれが自分の物とわかっているのに、知らぬ振りをして虎庵に戻した。

それを見て虎庵が小さく頷いた。

「しかしあの大きな馬が、こんなちっぽけな武器で致命傷を負うとはな」

「旦那、馬って奴はあの大きな体を私らより細い足で支えていましてね、脚の骨にヒビでも入ろうものなら、その足の蹄裏から腐ってきましてね、すぐに死んでしまうんですよ。狼や熊のように鋭い爪や牙があるわけじゃありませんからね、敵に襲われて痛い目に遭う前に、あの世にいけるよう神様がそうしたんじゃないですかね」

「それは初耳だ。だがそうなると、馬ってのはなんとも哀れな畜生だな。さあて、それじゃあ腹も一杯になったことだし、我らは帰るとするか」

虎庵が立ち上がると、すかさず佐助が懐から財布を取り出し、二分金を卓に置いた。

「オヤジ、美味かったぜ」

「少々お待ちください。ただいま釣り銭をご用意いたしますので」

「ご主人、馳走になった。釣り銭は気持ちだ」

虎庵はそういって主人の肩を軽く叩き、出口へと向かった。

虎庵は店を出ると、何もいわずに日本堤を駆け上がった。

佐助と金吾も後に続いた。

「佐助、頼んだ屋形船はどこだ」

「はい、釣りの用意をさせ、今戸橋で待たせております」

「虎庵先生、釣りって……」

金吾が戸惑いを見せた。

「親分、こういうときにはよ、波に揺られながら釣り糸を垂らし、考え事なんかしねえでボーッとするのよ。待てば海路の日和ありってな」

「先生、あの小柄……」

「佐助、わかってるよ。なんだか話が見えてきたじゃねえか」

「え？」

「いいから話はあとだ」

虎庵は急ぎ足で今戸橋に向かった。

四

南町奉行所に戻り、同僚の与力と吟味の打ち合わせをしていると、廊下で声がした。

「木村様、吉原小田原屋より使いが参り、書状をあずかりました」

同心が書状を差し出した。

「そうか、ご苦労」

左内は受け取った書状を広げた。

書状には、

――今宵五つ、木場扇橋町の軍鶏鍋屋「とり兼」にて待つ　　虎庵
とあった。

「うむ。承知したと伝えてくれ」

「はは」

片膝を突いていた同心は、一礼してその場を後にした。

「今日は軍鶏か……」

左内が独り言を呟くと、同僚与力が合いの手を入れた。

「連日の贅沢三昧、羨ましい限りだな。俺も浦賀奉行所あたりに、お役替えにならぬかな。浦賀は魚も美味いし、近くに温泉もあって入り放題だ」

「なんなら長崎行き、変わってやってもいいぜ」

「な、長崎？　いやいやそれは遠慮しておこうではないか。俺は毛唐ほど苦手なものはないのだ、ははは」

同僚与力は冗談でいったつもりなのに、左内の真顔の突っ込みに恐縮した。

「お奉行は今日もお城にいったきりか」

「そういうこと。三月に改鋳した大判金がどうとかおっしゃられていたな」

「大判金？　俺たちには縁のねえ代物だなっ」

左内は吐き捨てると、そのまま厠に向かった。

一方その頃、浅草御蔵前の四番堀と五番堀の間にそびえる首尾の松を見上げるように、一艘の屋根舟がたゆたっていた。

あたりには三艘ほどの屋根舟がいるが、どの舟も昼間から簾をおろし、いかにも訳ありな雰囲気を醸し出している。

「田口様、南町奉行所が野茨組を捕縛されたそうやないですか」

小太りで赤ら顔の男がそういって、手にした徳利を差し出した。

男は福助のような笑みをたたえ、おちょぼ口が紅を差したように赤く気味が悪い。

「岸和田屋、今月は南町が月番で、運が良かっただけのことよ」

答えた男は北町奉行所与力の田口伊右衛門だった。

「運、ですか」

「ああ、なにしろ実際に野茨組を捕縛をしたのは北町ではなく、内藤新宿の角筈一家というヤクザ者だったんだ」

「角筈一家ですか」

「ああ、親分の金吾というのが中々の男でな、何年か前に先代親分が死んで跡目を継いだのをきっかけに、江戸のヤクザを纏めちまった」

「ヤクザにしては、口が立つということのようですな」

岸和田屋は馬鹿にしたように鼻を鳴らした。

「違うな。奴は江戸のヤクザ一の武闘派だぜ。野茨組の船は沈められ、南町に突き出されたのは十名で、それ以外はなぶり殺しにされた」

「左様ですか。ならば死神の皆様には、野茨組のいなくなった上方にお出ましいただきましょうかな」

「それはかまわぬが……」

「野茨組がやっている『白袴』という講、あれはもともと私が副首領の峰吉と組んで引いた絵図面やったんや。それなのに講ができたら私の命を狙いおって、講を横取りしたんですわ」

「それであんたは江戸にきて、我らと手を組んだというわけか」

「はい。ところが野茨組の首領熊八と副首領の峰吉は、江戸の死神の噂を聞き、私と同じことを考えたというわけですわ。私と死神が手を組んでいるとも知らずにね」

「俺たちは金になれば、誰と組んでもかまわぬがな」

田口は意味ありげにニヤついた。

「田口様、嫌な冗談はなしでっせ。ささ、これは今月分の半金でございます」

岸和田屋は田口の前に二十五両の切り餅を四つ、合計百両を差し出した。

「江戸での首尾はどうなのだ」

田口は切り餅を鷲掴みにして懐にしまった。

「上々でございますよ。すでに新富士浅間講には、江戸の大店を中心に八十名ほどが加わりました。それにうちが手配した用心棒が二百名あまり。何のかんので毎月三百両ほどが集まっております」

　岸和田屋は、再び徳利を差し出した。

「それは表向きの話だろう。俺たち死神が現れて以来、出来損ないの放蕩息子を抱えた商家は、いつ倅が殺されないかと戦々恐々だ。その弱みにつけ込み、講に加わればあ死神の標的にはならないと誘い込んで法外な講金を集め、一方で素知らぬふりをして用心棒まで送り込むとはな。ま、大店にとっては大した金ではないのだろうが、汚い手を考えたものよ」

「なあに、野茨組が考えた『白袴』のやり方をいただいただけですよ。しかし野茨組が壊滅したとなると、『白袴』が解散になる前に死神に西国へ上っていただき、五、六人始末していただかなければなりませんな。何しろ『白袴』の上がりは京と大坂を合わせて毎月千両ですからな、田口様の取り分も五百両になります」

「悪くはない話だが、そう慌てることもあるまい。何やらチョロチョロと、我ら死神のことを嗅ぎ回っている南町の木村左内の始末が残っているしな」

　田口は暑くなったのか、勢いよく簾をあげた。

　すると、上流から中型の屋形船が下ってきた。

「あれはっ！」

田口は慌てて簾を下ろした。

「田口様、いかがされました」

「今すれ違った屋形船に、良仁堂の風祭虎庵が乗っていた」

「風祭虎庵って、片桐様の肋骨を砕いた悪徳蘭方医ですか」

岸和田屋は簾に隙間を作り、外の様子をうかがった。

「田口様はあの医者に顔を見られたのですか」

「いや、頭巾を被っていたからそれはないが、あいつはただ者じゃねえ」

田口は苦虫を嚙み潰したような顔で盃の酒を呷り、それでは足りぬとばかりに徳利の酒を呷った。

「そういえば、片桐様はいまどちらで……」

岸和田屋が不安げな顔で訊いた。

「向島の小村井村で養生している」

「医者には診せたのですか」

「足がつかぬよう、荒川の向こうの平井村の漢方医に診せているが、あまり状態は良くないな」

「なんなら、私が知り合いの蘭方医を向かわせましょうか」

「入らぬ心配はするな、あれはもうダメだ。それに風祭虎庵も蘭方医、蘭方医同士がどこでどう繋がっているかわからぬからな。さあて、そろそろ帰るとするか」

「左様ですな」

「船頭っ！　柳橋に向かってくれ」

田口は艫で暇そうに川面を眺めている船頭に怒鳴った。


一方、虎庵たちが乗った屋形船は、両国橋に差し掛かっていた。

何かを考えているのか、虎庵は無言で船縁から川面に手を差し伸べたまま、佐助が注いだ酒にも手をつけなかった。

金吾が煙管の煙草に火をつけたとき、虎庵が呟いた。

「佐助、あの小柄は間違いなく、お前のものだよな」

「はい、翔太を刎ね飛ばした馬に投げつけたものです」

「てえことは、あの馬に乗っていたのは、やっぱり田口伊右衛門だ」

「はい」

「だが、お絹とできていた田口が、なんで翔太を殺さなければならないんだ」

虎庵は右手を川面に遊ばせたまま、振り返ろうともしない。

「先生、あれは事故です。門前から飛び出す子供を待ち伏せして刎ね飛ばすなど、狙ってできることではないと仰ったのは、先生じゃありませんか」

「やっぱりそうだよな」

虎庵は席に着くと、茶碗の酒を一口すすった。

「先生はお絹殺しと翔太殺しを繋げたいのでしょうが、翔太殺しを抜きにしても、田口にはお絹を殺す動機があるじゃないですか」

「動機？」

「田口はお絹と、待合いから出てくるところをお熊に見られているんです。すでに亭主に死なれたお絹にしてみれば、それは好都合なんじゃないですか」

「どういう意味だ」

「田口とお絹がどういう関係かは知りません。しかし良い関係なら、それが世間に知られることで再婚の道が開けたって不思議じゃないし……」

「お絹の本意ではなかったとしたら」

「田口を脅すネタになるでしょう。あわよくばまとまった手切れ金を手に入れ、関係も清算できるんじゃないですか」

左内は当たり前という顔でいい、虎庵の茶碗に酒を注いだ。

「それならあの晩、なんでお絹は腹の子を流そうとしたんだ。お絹にとって、どっちにしても腹の子は大切な人質じゃねえか」

「そりゃあ、打算で考えればそうでしょうけど、亭主が死んで一年も経たないうちに、倅があんな無惨な死に方をしたんですよ。次の子を産みたくなくなったとしても不思議じゃありませんよ」

「なるほど。だがそうなると、やはり問題はお絹が俺の殺害を死神に頼んだ理由だな」

虎庵は首を傾げた。

それを見た金吾が口を開いた。

「先生ははっきりしたことを仰いませんが、死神は中町奉行所にいたゲロ組五人と目星を付けられているんでしょ」

「その通りだ。ゲロ組は中町奉行所新設に乗じ、何らかの闇仕事をするために、何者かによって意図的に集められた。そして中町奉行所の廃止で、奉行所の歴史上から抹殺された。親分はそう思わないか」

「あっしも左内の旦那の話を聞きましたから、死神はゲロ組に間違いねえと思っています。でもね、だからって死神がゲロ組だけとは限らねえでしょ」

「え？」

「ようするに、死神を作った人間とゲロ組を繋ぐ人間、あるいは直接統率する人間がいてもおかしくはねえってことです」

「親分、田口伊右衛門も死神といいてえのか？」

金吾は黙って頷いた。

そして茶碗の酒を一口舐めた。

虎庵は思いもよらぬ金吾の言葉にひと言もなかった。

だが左内の話では、田口は奉行所といっても銭勘定専門の年番方で、武芸はまるでダメな上に中町の後は堺奉行所勤めだった。

しかも日光、甲府、江戸へと活動場所を変えてきた死神とは、江戸が合致するだけなのだから、すぐに納得できる話でもなかった。

五

夕刻、勤めを終えた左内が南町奉行所を出て数寄屋橋御門を出ると、角筈組の牙次と子分がどこからともなく現れた。

「旦那、注意してくだせえ」

「そんなこといわれなくたって、わかってるよ。こいつを見ろ」

左内は襟元を開き、同心が出役のときに装備する鎖帷子を見せた。

帯には脇差しの代わりに、二尺はありそうな長十手が差されている。

「さすがは旦那です。ところで今夜は……」

「じつは虎庵先生から、これが届けられた」

左内は虎庵からの手紙を牙次に見せた。

「今宵五つに木場扇橋町の軍鶏鍋屋の『とり兼』ですか。今が七つ半ですから、まだ間がありますね。そうしたら、そこの一膳飯屋でうちの若衆に飯を食わせてやりてえんですが」

「別に俺はかまわねえぜ。ただし『とり兼』にいく前に、霊巌寺に届け物があるんで寄りてえんだ」

「ならば比丘尼橋から海辺大工町の高橋までは猪牙で行き、旦那が霊巌寺の御用をすませたら、後は歩きでいいですか」

「かまわねえよ」

「へい、それじゃあ石松、俺たちはそこの一膳飯屋にいるから、猪牙を五、六艘待たしとけ。俺たちがそいつに乗ったら、お前さんはお役御免だ」

牙次が子分に命じた。

「牙次、大名じゃねえんだから五、六艘は大袈裟だろう」

「いいえ、親分に命じられまして、今日はいつもの倍、二十人で旦那を警護してますんで」

「二十人？　金吾の野郎も心配性だなあ。まあいいや、それじゃあ俺は一膳飯屋で待ってるからよ」

左内は目の前の飯屋の暖簾を潜った。

すると奥の床机に、見慣れた顔の先客を見つけた。

「なんだ、亀十郎じゃねえか。今頃、こんなところで何をしてるんだ」

左内は亀十郎の向かいに腰掛けた。

「あんたの警護に決まっているだろう」

亀十郎は、自分の茶碗に銚釐《ちろり》で酒を注いだ。

「けっ、相変わらず愛想のねえ野郎だな。オヤジっ、俺にも酒をくれ」

「今夜のこの後、どういう予定だ」

「五つに木場扇橋町にある軍鶏鍋屋の『とり兼』で、お前んところのお頭が待っているのよ。五つまで間があるから、俺のお付きをしてる二十人ほどのヤクザに飯を食わせてやるのよ」

佐内は近くの籠からぐい飲みを取り出すと、亀十郎に差し出した。

亀十郎は黙って銚釐の酒を注いだが、下駄顔に小さな目のせいか、左内にはまるで表情が読めなかった。

「軍鶏鍋屋の『とり兼』は扇橋の袂にあるが、そこまではどうやっていく」

「比丘尼橋から海辺大工町の高橋まで猪牙で行き、俺が霊巌寺で用をすませたら、後は歩きよ」

「なるほどな」

亀十郎が頷いたとき、いかにもヤクザ者という一団が、大挙して店内になだれ込んだ。

「オヤジっ、今日の刺身は何だ」

牙次が叫ぶと、調理場から、

「今日はイサキのいいところが入っておりやすが」

という声が返ってきた。

「よし、イサキを刺身で二十人前。それと芋の煮っ転がしと飯も二十人前だ」

「か、かしこまりましたっ」

オヤジの声が裏返っていた。

「牙次、二十人前じゃ、刺身ができるまで手持ちぶさただろう。オヤジ、一合徳利をふたつよこせ」

「旦那、俺たちは遊びじゃねえんですから困りますよ」

「いいじゃねえか、俺の奢りだ。なあ、みんな」

「旦那、ゴチになりやすっ」

むさ苦しい男どもの声が、怒号のようにこだました。

暮れ六つ半、かれこれ二刻も糸を垂らしていたにもかかわらず、まったく釣果のなかった虎庵たちは、石川島沖を通過していた。

「それにしても、ハゼ一匹釣れねえってことはねえだろう」

虎庵は不機嫌だった。

「船頭から聞いたんですが、昨日、野分が過ぎたばかりだってのに、釣りをする酔狂な客がいるとは思わなかったそうですよ」

金吾が爽やかな川風に当たりながらいった。

「そりゃあそうだ。今日は野分明けなんだから、釣れるわけねえわな」

虎庵も金吾の向かいの席で、総髪を川風になびかせた。

田口伊右衛門が翔太殺しの下手人とわかったのはいいが、駒忠の主人が持っていた佐助の小柄にしても、肝心の馬はすでに人の胃の腑に納まって跡形もないのだから、証拠になりようがない。

田口も死神の一味という金吾の読みは面白いが、それを裏付ける証拠がいかにも少なすぎる。

そんなことを考えながら釣りをしたところで、魚心に合わせられるはずもなく、釣果無しの坊主は釣りをする前からわかっていることだった。

「先生、左内の旦那の件はどうなっているんですか。確かに襲撃予告日は過ぎましたが、やっぱり今日が一番危ないでしょう」

昼間に飲んだ酒も完全に抜け、小腹が空いた佐助は、船頭が用意した握り飯を囓りながら訊いた。

「一応、目立たぬように警護するよう、亀十郎にいってある」

「佐助さん、昨日までは十人でしたが、今日は二十人で警護するよう牙次にいってありますから、心配することたあねえですよ」

「二十人？　ちょっとした大名の登城みてえじゃねえか。それにしても左内の野郎、俺があばら骨を砕いてやった死神が、医者にかかってねえか調べるとかいってやがったのに、うんでもすんでもねえな」

「先生、何をいってるんですか、左内の旦那は今朝まで良仁堂にいたんですよ」

「そうだったな」

「しかし先生、もしあばらを砕かれた野郎が医者にかからなかったら、本当に死にますか」

佐助はふたつ目の握り飯をほおばり、冷たくなったエビ天を囓った。

「実際に診てみないことにはわからないが、正直にいえば医者に診せたところでどうにもならないかも知れぬな」

「そんなに酷いものなんですか」

「あばら骨なんてのは、咳やくしゃみでも骨折したりするんだが、あのときの手応えからすると、砕いた骨は一本や二本じゃない。それに砕けた骨片が肺腑に突き刺さりでもしていたら、息もできなくなる。もしそうなら、正直いって俺でも治療できる自信はない」

「先生は、そいつがもし私だったら、どうされますか」

「たっぷり阿片を吸わせて痛みを消し、往生させてやるよ」

虎庵は席に戻ると、握り飯に手を伸ばした。

「先生、阿片てのは幻覚が見えるんじゃねえんですか」

「まあな。だが蘭法医学では、痛み止めや手術のときの痺れ薬に使うのよ。みんな病に罹ると、薬、薬ってうるせえが、世の中に薬なんてものはねえんだ」

「妙なことを仰いますね、どういうことですか」

虎庵のいっていることの、意味がわからない金吾は首を傾げた。

「いいか、塩だろうが味噌だろうが、大量に食い続ければ人は死ぬんだ。それと同じで、どんな薬だって大量に飲めば毒になるってことよ。つまり薬ってのは毒を薄めたものなんだから、世の中にあるのは毒だけということよ」

「なるほど、だから薬って字は、草冠に楽と書くんだ。病気が治りゃあ楽になるし、死んじまえば現世の苦痛から解放されて楽になれますもんね」

「なんだ、金吾親分は禅宗の坊主みてえなことをいいますね」

話を聞いていた佐助が笑った。

すると外で船頭の声がした。

「旦那方、柳橋に着きましたぜ」

「おう、早かったじゃねえか」

虎庵は大小を掴んで舳先に出ると、河岸に飛び移った。

佐助と金吾が後に続いて河岸に飛び移ったとき、柳橋の上から声がした。

「あれ、親分、こんなところで何してるんですか」

昼間、牙次と一緒に左内の警護をしていた石松だった。

「なあに、良仁堂の虎庵先生の釣りのお供をしていたんだが、見ての通り丸坊主よ」

「虎庵先生って……ちょっと待ってください」

石松は橋の上から、ひらりと飛び降りた。

「どうした、青い顔して。こちらが虎庵先生だ」

「だ、だって親分、左内の旦那が、今宵五つに木場扇橋町のなんとかいう軍鶏鍋屋で待つって書かれた先生の手紙を……」

「先生……」

金吾が振り返った。

「今宵五つに木場の軍鶏鍋屋なんて、俺は知らねえ……」

それが偽の手紙と悟った虎庵と左内が顔を見合わせた。

「石松、木場扇橋町の軍鶏鍋屋っていったら『とり兼』か？」

「そ、それです。『とり兼』です」

「石松、いま何刻だ」

「あと四半刻で五つです」

「先生、まずいことになりやしたぜ」

金吾は手にしていた握り飯を神田川に投げ込んだ。

「先生、こっちです」

佐助の声で柳橋の向こうを見ると、二挺艪の猪牙舟の舳先に立つ佐助の姿が見えた。

虎庵と金吾が飛び乗ると、ふたりの船頭が艪を漕ぎ始めた猪牙舟は、舳先で白波を立てながら川面を疾走した。

六

霊巌寺での所用を済ませた左内が山門を出ると、牙次と三人の子分が待っていた。

「待たせたな」

「ご心配なく。とりあえず、小名木川沿いに戻りましょう。扇橋までは一直線で見通しがいいですからね」

牙次が答えた。

「他の連中はどうしたい」

「扇橋までの辻辻に先回りしてやす」

「そうかい。それじゃあ、向かうとするか」

ほどなくして、左内はどこからともなく現われた亀十郎が、十間ほど後ろをついてきていることに気付いたが、あえて振り返ることはしなかった。

ほどなくして小名木川にぶつかり、一行は右に折れた。

小名木川の両側は武家屋敷の白い土塀が続いて見通しはいいのだが、扇橋までは一本も橋が架かっていないし、人気もまるでなかった。

高橋から二町ほど歩き、川向こうにある徒組の屋敷を通り過ぎた辺りで、前方の河岸に停泊していた屋形船から、五つの影が飛び出した。

目だけが出た黒い覆面で顔を隠し、柄物の裁着袴を穿いた五つの影は左内の前に立ちはだかると、猛烈な殺気を放った。

「南町奉行所内与力、木村左内だな」

真ん中にいる男が、くぐもった声を発した。

「ああ、俺が木村左内だ。そういうお前さんたちは、襲撃予告を守らねえ死神かね」

「ふふふ、野分で命拾いしたくせによくいうわ」

「それにここはどう見たって真っ平らだ。辺りに死神坂らしき坂なんて、どこにもねえところを見ると、お前さんたちは騙りじゃねえのか」

左内は腰の長十手を抜くと、ブンという音を立てて振り下ろした。

それを見た牙次と子分が左内の前に飛び出した。

すぐさま牙次が呼子を吹くと、一瞬で飛び上がった長身の死神が無言で斬りかかった。

一瞬で呼子を持った牙次の右手首を切断し、すぐさま背後に飛んだ。

「ギャッ」

手首から血潮を噴き出した牙次が、悲鳴をあげながら地面を転げ回った。

「お前たち雑魚に用はない。さっさと立ち去れいっ！」

真ん中の死神が大刀を抜いた。

「お前たち、代貸しを後ろに運び、傷口をきつく縛って血止めをするのだ」

右手に胴田貫の抜き身を手にした亀十郎が、若衆をかき分けて前に出た。

「ほう、なかなか厳つい得物ではないか」

真ん中の死神が八双に構えた。

そのとき、死神たちの背後で地鳴りのような音がした。

呼子を聞いた角筈組の十五名ほどの若衆が、手にした白刃を煌々たる月光にギラつかせ、雄叫びを上げながら、怒濤の勢いで死神に駆け寄ってくる。

すると両端にいた死神が踵を返し、若衆の群れに突進した。

走りながら大刀を抜いたふたりの死神は一瞬で刃を返し、握りを峰打ちに変えたが、その斬撃は凄まじく、若衆が斬撃を繰り出す間すら与えない。

ふたりの死神が剣を振るうたびに、骨が砕ける鈍い音が響き、次々と若衆がくずおれ、あっという間に全員が切り倒された。

それを見た亀十郎が、小さな目をカッと見開いた。

そして思わず左内もひるむ、凍りつくような殺気を全身から放った。

「お前たち、逃げるんだっ！」

左内が背後で牙次の傷口を縛っている若衆に怒鳴った。

若衆は弾かれたように牙次の手足を抱え、来た道を走った。

「多少はできるようだな」

真ん中の死神は、亀十郎との間合いをじりじりと詰めた。

そして袈裟斬りの一の太刀を放った。

だが亀十郎は死神の斬撃を避けようともせず、渾身の力で白刃を払った。

激しい金属の激突音が鳴り響き、死神の白刃が粉々に砕け散った。

「ば、馬鹿な」

死神は反射的に後方に飛んだ。

肩まで突き抜けた衝撃で両腕が痺れ、右手の甲に突き刺さる左内が投げつけた小柄にも気付かなかった。

それと入れ違いにふたりの死神が前に出た。

「胴田貫、聞きしにまさる威力だな」

左内が前に進み出た。

「旦那、下がっていてくれ。お前さんに死なれるわけにはいかぬのだ」

亀十郎はダラリとさせた胴田貫の切っ先で地面を切りながら、一歩二歩と死神との間合いを詰めた。

亀十郎の剣術は我流で、構えもなければ型もない。

鎧武者のように一直線で突き進み、間合いに入った者には反射神経にまかせ、容赦なく胴田貫を叩きつける、ただそれだけのことだった。

まるで感情が無く、食うためだけに得物に襲いかかる、羆のような亀十郎と対峙した死神は、経験したことのない恐怖に顔をひきつらせた。

野獣と化した亀十郎の感性は、死神の額を伝わった冷たい汗が目に入り、反射的に目を瞑った隙を見逃さなかった。

亀十郎は反射的に横殴りの斬撃を繰り出した。

死神はわずかに上体を反らし、亀十郎の切っ先を紙一重でかわしたはずだったが、亀十郎の丸太のよう太く長い腕は、死神の見切りを完全に狂わせた。

亀十郎の切っ先は死神の首に食い込み、真一文字に切り裂いた。

切り裂かれた死神の頸動脈から噴き出した血飛沫が、左内の顔面を朱に染めた。

「くっ、しまったっ！」

一瞬、ひるんだ左内が袖で顔を拭おうとしたとき、目前の死神が繰り出した渾身の突きが、腹に突き刺さった。

だが切っ先は左内が着込んだ鎖帷子に阻まれて突き刺さることなく、小名木川の川べりにはじき飛ばされた。

「だ、旦那っ！」

亀十郎は今にも川に転落しそうな左内に、必死で手を伸ばした。

だが伸ばした左腕と胴田貫を握った右腕の二の腕に、若衆を一瞬で切り倒したふたりの死神が放った二本の小柄が、同時に突き刺さった。

「くっ！」

亀十郎の体が激痛で硬直した瞬間、大刀を砕かれた死神が地蜘蛛のような低い姿勢で迫り、亀十郎の鳩尾に刀の柄尻を突き立てた。

「うっ」

胃の腑からこみ上げてきた鮮血が、亀十郎の口から溢れ出た。

気を失った亀十郎は、まるで大木が倒れるように全身を地面に叩きつけた。

「引くぞっ！」

大刀を砕かれた死神がそういって屋形船に飛び乗ると、喉笛を掻き切られた仲間を抱き起こした三人が後に続いた。


それからほどなくして、虎庵たちが乗った猪牙舟が高橋に到着した。

「遅かったか……」

河岸を駆け上がった虎庵は、目前に繰り広げられた惨劇に息を飲んだ。

「亀十郎っ！」

仰向けに倒れた亀十郎を発見した佐助が駆け寄り、腕に刺さった小柄を引き抜いた。

両腕を襲った激痛に、亀十郎がわずかに唸った。

「先生っ、亀十郎は息があります」

佐助は亀十郎の上体を起こすと、背中に膝で活を入れた。

亀十郎は口から大量の鮮血を噴き出し、意識を取り戻した。

金吾は地面に倒れた十五人の若衆を前に、その場で立ちつくした。

きつく握られた両拳が小刻みに震え、顎がギリギリとなっている。

だが一滴も血が流れていないことに異常を感じた虎庵が若衆に駆け寄り、首筋に指先を当てた。

その指先には力強い脈拍が伝わってきた。

「親分、みんな峰打ちだ。生きているぞっ！」

虎庵は倒れた若衆の上体を起こし、次々と活を入れていった。

それを見た金吾も、倒れた若衆に次々と活を入れた。

意識を取り戻した若衆たちが、そこら中で咳き込んだ。

「親分、みんな命に別状はねえが、あばら骨や鎖骨を骨折している者がかなりいるようだ」

「先生、牙次と左内の旦那が見あたらねえんですが」

金吾がいったとき、佐助の肩を借りた亀十郎が近寄ってきた。

「先生、面目ありません。左内の旦那は死神の突きを腹に食らい、小名木川に転落しました。牙次は右手首を切断されたので、若衆たちと一緒に逃がしたんですが……」

そういって亀十郎が高橋方向を振り返ると、御用と大書きされた無数の提灯が大きく揺れながら迫ってきた。

先頭を走るのは、右手で腹を押さえた左内だった。

「とことん悪運の強え野郎だな」

虎庵は走り寄った左内にいった。

「冗談じゃねえぜ。準備がいいといってくれ」

左内は両手で襟を開き、着込んだ鎖帷子を見せた。

ヘソの上辺りが一寸ほど裂け、鮮血が流れているがかすり傷だった。

「旦那、すまねえが、全員、良仁堂に運んでくれねえか」

「わかってるよ、そのつもりで捕り方と火消し連中を連れてきたんだからよ。おう、ちょっと遠いが、全員、下谷の良仁堂に運んでくれ」

左内は振り返ると、大声で怒鳴った。

「左内の旦那、牙次たちのことはご存知ですかい」

「金吾、心配ねえよ。あいつらはとっくに良仁堂に向かっているよ」

「そうですか。ありがとうごぜえやす」

金吾は両膝に手をつき、深々と頭を下げた。

「それにしても亀十郎、お前さんや左内の旦那を倒し、これだけの人数を倒したということは、かなりの人数だったのか」

虎庵は人差し指で頬を掻いた。

「いえ、相手は五人、その内のひとりは喉笛を掻き切ってやりましたが、いずれもかなりの手練れでした」

「たったの五人か……。わかった、ともかく帰ろうじゃねえか」

虎庵は亀十郎と金吾の背中を押した。

虎庵がふと空を見上げると、妙に赤い月が怪しげに輝いていた。

七

死神が乗った屋形船は小名木川を下り、横十間川に入り竪川を渡った。

わずかに息のあった、亀十郎に喉を掻き切られた男が息を引き取った。

「お頭、遺体はどうしましょう」

痩せた男がいった。

「仕方ない、首を落として大川に流そう」

首さえなければ、仮に遺体が回収されたとしても身元が割れることはない。

「それにしても木村左内め、鎖帷子など着込みおって忌々しい野郎だ」

お頭と呼ばれた、大柄で恰幅のいい男がいった。

「お頭、こいつを切った下駄顔の男、見たこともない剣を使いましたが、あれは何者ですか」

死んだ男の首を切り落とした中肉の男が訊いた。

一瞬で角筈一家の若衆を倒した、凄まじい剣の使い手にしては、わずかに声が震えていた。

「獣じみた気迫と圧倒的な膂力で三尺もの胴田貫を振り回し、斬撃というより相手の動きに鋭く反応する。あれは剣術というより、獲物を襲う野獣の動きだ。儂もあんな剣は初めて見た」

「木村左内を調べた限り、あのような者は見あたらなかったのですが」

「どうせ木村が雇った用心棒だろう」

「この先は、どういたしますか」

「鎖帷子を着ていたとはいえ、あれだけの突きを食らったのだ、あ奴もただでは済むとは思えぬし、しばらく表に出てこれまい。十日以内に上方に向かうそうだから、これまで通り我らはそれぞれに身を隠し、毎日暮れ六つ、両国薬研堀のあの店に集まってくれ」

「この船はどういたします」

「吾妻橋の東詰でお前たちを降ろしたら、儂が今戸の船宿に届けておく。そろそろ、枕橋だが、大川に出たらすぐに遺体を流す。いいな」

「はは」

首領と思しき男は決して覆面をはずそうとはせず、屋形を出て艫《とも》へと向かった。


一方、角筈一家の若衆が運び込まれた良仁堂では、虎庵、愛一郎、お雅、お松が八面六臂の活躍を見せ、九つ（深夜零時）前には全員の手当を終えた。

虎庵が両手に一升徳利をぶら下げて書院に戻ると、車座になった左内と金吾、佐助と幸四郎、獅子丸が沈鬱な表情で押し黙っていた。

「先生、亀十郎は……」

廊下に立つ虎庵に気付いた佐助が訊いた。

「心配ない。そこの旦那同様、よほど悪運が強いのか、腕の腱にも血管にも異常はない。十日もしねえで元通りになるはずだ」

虎庵の説明を聞いた一同が、深い溜息をついた。

「先生、子分どもはいかがでしょう」

「五人ほどあばら骨が折れていたが、他の連中は骨に異常はない。ただ……」

「牙次ですか」

「ああ、切り落とされた手の皮膚、筋肉、血管を縫合してなんとか繋いだが、再び動かせるかどうかはわからない」

虎庵の口から出た聞き慣れない言葉の連続に、五人は頷くしかなかった。

「命の方は……」

「心配ねえよ」

「ほ、本当ですか」

金吾はこれまでヤクザ同士の抗争で、何十という出入りを繰り返してきた。

そして多くの怪我人を目の当たりにしてきたが、手首を落とされて生きながらえた者を知らなかった。

それどころか首筋にできた、わずか一寸ほどの傷にもかかわらず、大量の出血をして死んでいった者も珍しくなかった。

「俺を信用しろよ。獅子丸、縁側に茶碗とスルメがあるので、皆に配ってくれ」

虎庵は佐助と幸四郎の間にあたる、自分の席に座った。

「しかし、この手紙が偽物とはな」

左内は南町奉行所に届けられた、偽の書状を懐から取り出した。

「届けた奴の人相はわかってるのかい」

「門番が受け取ったのでわからねえが、三十絡みの女中風で小田原屋の使いといったそうだ」

「亀十郎の話では、相手はたったの五人だったとか」

「そのとおり、裁着袴に覆面姿の五人組だ。金吾の子分どもを一瞬で倒した二人は、凄まじい腕の持ち主だ」

「お前さんを突き倒した奴はどうなんだ」

「この傷を見りゃわかるだろ。敵の血を顔に浴びて、隙だらけになった俺の心の臓ではなく、ヘソの上を突きやがった。大した腕じゃねえよ。亀十郎が喉笛を切り裂いた奴にしても、見切りを誤ったわけだし大した腕じゃねえ」

「残る一人は」

「どうもこいつが首領のようだが、いきなり亀十郎に大刀を砕かれてな、後ろにひっこんじまいやがった。ただ両腕に小柄を刺され、動きが止まった亀十郎の腹に、こいつが柄尻の一撃を加えやがった。地蜘蛛のように地を這い、低い体勢から見せた俊敏な動きはただ者じゃねえな」

左内はなぜか、首領と思しき男の右手の甲に小柄を命中させたことはいわず、車座の真ん中に置かれた盆から、酒が満たされた茶碗を手にした。

「死神は、旦那殺しを依頼した者の名をいったのか」

虎庵が皆に合図をすると、一斉に四本の手が伸びて盆の茶碗を手にした。

そして最後に残った茶碗を虎庵が手に取った。

「そういや、依頼人の名前はいわなかったな。おれがこのあたりに、死神坂らしき坂なんてどこにもね、お前たちは騙りじゃねえのかってからかったら、いきなり牙次に斬りかかりやがったんだ」

「しかし、五人で襲ったということは、死神の正体が元中町奉行所のゲロ同心という読みは怪しくなってきたな」

虎庵は山盛りのスルメを一本摘んだ。

「先生、どういうことですか」

佐助が訊いた。

「どういうって、俺が浅草寺裏であばら骨を粉砕した奴を含めれば、今回の五人と合わせて六人になるだろう」

「金吾親分がいっていた、北町奉行所の田口伊右衛門を入れれば、六人ということになりませんか」

「佐助、お前さんは死んだお絹の亭主、福田政次郎のことを忘れてねえか。奴も含めれば、合計七人になっちまうんだよ」

「そういうことか……」

佐助はようやく理解ができたのか、恥ずかしげに頭を掻いた。

「先生よ、いま、気になる名前をいったが、どういうことだ」

「北町奉行所与力、田口伊右衛門のことか」

「当たりめえだろ」

左内は不満げに口を尖らせた。

「じつは今日、俺たちは駒忠にいったんだが、そこでお前さんが紹介した馬の話を聞いたのよ。主人の話では、確かに尻に怪我をしていたが、傷はヤジリの物ではなく尻尾に小柄が絡みついていたそうだ」

「小柄？」

「ああ、翔太が刎ね殺された晩、佐助が逃げる馬に放ったものだ。つまり、あの馬に乗っていたのは田口伊右衛門だ。奴が馬に乗れねえなんて大嘘だぜ」

「嘘じゃねえだろうな」

「お前さんに嘘をついてどうなるというのだ。しかも田口はお絹とできてやがって、待合いから出てくるところを次郎兵衛長屋のお熊に目撃されている」

「ちょっと待ってくれ、だからって、奴が死神と関係しているとはいい切れねえはずだろう」

「まあな、だがお絹の亭主が中町を辞める際、あの長屋を用意したのも田口だ。仮にゲロ同心が死神だとしたら、田口も同じ穴のムジナって考えちゃいけねえか」

虎庵は茶碗の酒に、スルメを何本か放り込んだ。

もはやゲロ同心が死神と断定することは不可能になったが、死神と福田、お絹、田口が同一平面上にいたとしても不思議はなかった。

「木村様、翔太が死んだ日、小塚原で死神に女衒が殺されたことを憶えていらっしゃいますか」

「金吾、俺はそれほど惚けちゃいねえよ」

「じゃあ、死神が女衒を殺った後、どうしたかは？」

「女衒を殺った後だと……」

「獅子丸さん、説明してあげてください」

金吾は獅子丸に話を振った。

「はい、仕置場の脇に繋いであった馬に乗って逃げました」

「そういえば、翔太を刎ね殺した侍も、柄物の裁着袴を穿いていた」

佐助が思い出したようにいった。

「旦那、あっしはその馬に乗って逃げた死神が、翔太坊を刎ね殺した下手人と考えているんですよ」

金吾は左内の茶碗に酒を注いだ。

左内は俯いたまま黙った。

「左内の旦那、そういうわけで一度田口に会ってみてえんだが、なんとか都合を付けて貰えねえだろうか」

　虎庵は酒を吸い込み、スルメが少しだけ柔らかくなったのを確認し、口の中に放り込んだ。

「いまここで約束はできねえが、奴は仕事が終わると毎日、両国の薬研堀端にある小料理屋に顔を出し、飲み仲間と将棋に興じるんだ。じつはそこで俺も知り合ったんだが……」

「何て店だね」

「吾作だ」

「わかった。長崎にご栄転前のお前さんに、危ねえ橋を渡らせるわけにもいかねえからな。田口の人相を教えてくれ」

「鼻の右脇に、目立つ大きな黒子がある」

　虎庵はお熊から聞いた田口の特徴を思い出した。

「間違いねえようだな。さあて、今日のところはお開きにしねえか。旦那と親分はいつもの部屋を使ってくれ。俺はいささか疲れたんで、先に休ませて貰う」

　虎庵は茶碗を置いて立ち上がると、さっさと奥の寝所へと向かった。

八

翌朝の明け方、虎庵は怪我人が横になる大広間に向かった。

深夜、何人かの男が悲鳴をあげた。

それは傷の痛みによるものではなく、夢で見た死神の恐怖からくるもので、屈強なヤクザ者、切った張ったの修羅場をくぐり抜けてきた、侠客とは思えぬ黄色い悲鳴だった。

寝ずの看病を続けてきた、愛一郎とお雅の顔には疲労が深い皺を刻み、目の下には黒ずんだクマが浮いている。

「ふたりともご苦労だった。後は俺に任せて休んでくれ」

「先生、一晩の徹夜くらい、どうということありませんよ。それより牙次さんの熱が引かないんです」

愛一郎の説明を聞いた虎庵は、すぐさま牙次の枕元に移動した。

牙次の寝間着は夥しい汗にまみれ、額に置かれた濡れ手拭いも湯気を立てそうだ。

「愛一郎、風呂場に連れて行く。診察用の床机をふたつ運んでくれ、お雅は新しい寝間着を頼む」

「はい」

ふたりの声がそろうと、虎庵は軽々と牙次を抱え上げて風呂場に向かった。

五人は楽に入れる浴槽には、昨日、お松が張った湯がそのまま水に戻っていた。

昨夜、誰も風呂を使わなかったようで、水は奇麗に澄んでいた。

「愛一郎、床机に重しを付けて、ふたつとも沈めてくれ」

「はい」

外に飛び出した愛一郎は、大きな漬け物石と荒縄を持って戻ると、洗い場で奇麗に洗ってから床机にくくりつけて浴槽に沈めた。

一連の動作にはまったく無駄がなく、愛一郎の成長ぶりをうかがわせる。

「先生、準備ができました」

「よし」

虎庵は自分が濡れるのもかまわず、牙次を抱き上げたまま浴槽のヘリを跨ぎ、床机の上に横たえた。

愛一郎は牙次の傷口が濡れぬよう、包帯でグルグル巻きになった右腕を持ち上げた。

牙次はよほど気持ちよかったのか、眉間に刻まれていた深い皺が消えていた。

「失礼しました。すぐに火を焚きますから」

風呂場の外のカマドでお松の声がした。

「お松、風呂はこのままでいいんだ。それより俺の作務衣を持ってきてくれ」

虎庵がいったとき、金吾と子分の石松が風呂場に入ってきた。

「先生、お手伝いできることは」

「親分、それじゃあすまねえが、このまま牙次の体を半刻ほど冷やしてくれ。それから石松は牙次の腕が濡れねえように持ち上げてやっていてくれ」

「へえ」

金吾と石松は襦袢を脱いで褌一丁になった。

金吾の全身に彫られた、見事な龍の刺青を見た石松が溜息をついた。

ヤクザは激痛を伴う刺青のことを我慢というが、石松はまさにその我慢が足りず、背中の金太郎は筋彫りのままで、なんとも情けなかった。

「親分、それじゃあ頼んだぜ」

「へえ、半刻でよろしいんですね」

虎庵と愛一郎は、金吾と石松に牙次を託して風呂場を出た。

ほどなくして作務衣に着替えた虎庵が大広間に戻ると、目覚めた六人の若衆が上半身を起こして床に座っていた。

すでにお雅が傷を診たようで、大量の湿布の準備をしていた。

「先生、ご迷惑をおかけします」

六人のうちの誰かが言った。

「いいってことよ。お前さんたちは全員骨に異常がなかったから、二、三日で腫れも引くだろう。残りの連中は……」

虎庵がそこまでいったとき、一番隅にいた若衆が立ち上がった。

「どうしたい」

「親分にいわれまして、池之端にいって応援を呼んできます」

「池之端？」

「へえ。今年の初め、池之端の仲町一家の親分が引退しまして、娘婿に入ったうちの先代代貸しが仲町一家の跡目を継いだんです。汚れた着物の洗濯やら、飯の支度やら何やら、ともかく女手を用意してこいといわれまして」

「それはありがてえな。あと、力自慢の若衆を五人ばかり用意して貰えるとありがてえんだがな」

虎庵は素直に金吾の好意に甘えた。

「かしこまりましたっ、飯炊き洗濯女を十人と馬鹿力を五人、すぐに呼んできます」

話しながら帯を巻いていた若衆は、押っ取り刀で飛び出した。

昼前、良仁堂は宴会前の料亭のように、あちこちで怒号が飛び交い、若い女たちが縦横無尽に走り回っていた。

「先生、最後の患者の治療が終わりました」

大広間に顔を出した愛一郎がいった。

「愛一郎、今日はやけに早いじゃねえか」

「それが、うちのてんてこ舞い振りを察し、患者が気をきかせて帰ってしまったんです」

「そうか、それじゃあお前とお雅は自室に戻り、とっとと休んでくれ」

「はい、それじゃあ、夕刻には声をかけてください。お雅さん、お言葉にあまえましょう」

愛一郎とお雅は虎庵にペコリと頭を下げ、自室に向かった。

それを見た虎庵も、大広間を出て書院に向かった。

書院では左内と金吾、佐助の三人が蕎麦切りをたぐっていた。

江戸では屋台以外では禁じられている、揚げたてのエビ天がチリチリと音を立てている。

「おう、先にゴチになってるぜ」

背中で虎庵の気配を察した左内が、振り向きもせずにいった。

「幸四郎と獅子丸はどうした」

虎庵は縁側に座り、煙草盆を手元に引いた。

「今朝方、確かめることがあるとかいって出ていきました」

佐助は虎庵の蕎麦猪口につけ汁を注いだ。

「金吾親分、頼もしい援軍、助かったぜ」

「何を仰います。それより先生も、好きな昼飯を命じてくだせえ」

「え？　蕎麦切りじゃねえのかい」

「庭の奥をご覧になってくだせえ」

「庭の奥って……」

虎庵は疲労のせいか、廊下を項垂れて歩いてきたため、庭の変化に気付いていなかった。

金吾にいわれて視線をあげると、庭の奥にズラリと食べ物の屋台が並び、怪我の軽い若衆たちが思い思いに料理を食べていた。

虎庵はようやくエビ天の謎が解けて苦笑いした。

「さすがに、酒屋の出店はねえようだな」

「先生、これを見てくださいい」

佐助が隣の間に続く襖を引いた。

部屋には天水桶のように角樽が積まれ、その奥に「お見舞い」と書かれた木札の刺さった一斗樽が三つも置かれていた。

「なんだありゃあ」

虎庵が大量の紫煙を吐き出して咽せた。

「金吾親分配下の一家から、代貸しの牙次さんに届けられた見舞いの酒で、下り物の一級品ばかりです」

「ははは、これなら今夜にも、酒屋を開けそうだな。どれ、俺もお言葉に甘えて馳走になるとするか」

虎庵が立ち上がったとき、庭先に息せき切らした幸四郎が現れた。

「先生、向島の小村井村に万福寺って寺があるんですが、そこに何日か前に胸に大怪我を負った侍が担ぎ込まれたと、漢方医の玄庵から連絡がありました」

風魔の蘭方医は虎庵と愛一郎だけだが、江戸市中には風魔の薬草の知恵と漢方を合わせた漢方医が五十名ほどいる。

その内のひとりから、幸四郎に報告が入ったのだ。

「確認は取れているのか」

「今朝方、小村井村の玄庵のところにいって確認したところ、治療にいったときに男が身につけていたそうで、これを渡されました」

幸四郎はガシャリという音を立てて、丸めた鎖帷子を縁側に置いた。

「死神に間違いなさそうだな」

虎庵は鎖帷子を手に取った。

「玄庵の話では、あばら骨が四本、粉々に砕かれてかなり発熱しているそうです。ふたり連れの侍が運び込んだそうですが、二日ほど一緒にいて姿を消したそうです。獅子丸たちに見張らせていますが、どうしましょう」

「そうだな、今夜にでも俺がいって……」

虎庵がそこまでいったとき、獅子丸が飛び込んできた。

「幸四郎兄貴、寺に誰もいなかったし、玄庵先生がこのままでは何日も保たないっていうんで、やっぱり野郎を掠ってきちまいました」

獅子丸は肩で息をした。

「獅子丸、男はどこだ」

「先生、三味線堀に停めた猪牙に隠してあります」

「様子はどうだ」

「それが脂汗をかいて震えてます。唇も紫色ですし」

屋台から流れてきた鰻の蒲焼きの匂いに、獅子丸と幸四郎の腹が鳴った。

「幸四郎、獅子丸、すぐに野郎を手術室に運んできてくれ」

「はいっ」

「あれを見ろ、鰻も寿司も天ぷらも逃げねえから安心しろ。佐助、休めといったばかりなのにすまねえが、愛一郎とお雅を起こしてくれ」

「はい」

佐助、幸四郎、獅子丸の三人は、すぐさまその場から消えた。

「先生、死神の野郎に、本当の生き地獄を味わわせてやってくだせえ」

金吾の言葉に無言で頷いた虎庵の瞳が、怪しく輝いたのを左内は見逃さなかった。

第四章　双子の刺客

一

良仁堂に運び込まれた死神の手術は凄まじかった。

死神の右胸が腫れ上がって膿んでいるのを確認した虎庵は、風魔に伝わる鍼灸の秘術による全身麻酔を施すよう、佐助と幸四郎に命じた。

そして麻酔が効いたのを確認すると、一気に腫れを切り裂き、膿みを琉球の古酒で奇麗に洗い流した。

そしてまるで魚を捌くように、鮮やかな手さばきで胸を切り開き、砕かれたあばら骨の骨片を次々と取り出した。

肺腑に突き刺さっていた、小さな骨片まで奇麗に取り除くと、あっという間に一尺ほどの傷口を縫合した。

まさに神業だった。

「愛一郎、お雅、後は頼んだぞ」

虎庵はそういうと、大きな溜息をついて血塗れの手を洗いに手術室を出た。

裏庭の井戸で虎庵が手を洗っていると、左内と金吾が姿を現わした。

「虎庵先生、あっしは木村様と一緒に田口伊右衛門について調べてきやすんで」

「親分、無理はするなよ。あの死神も夕刻には目が醒めるから、ちょいと話を聞いてからでも遅くはねえだろう」

「先生、あっしらの世界では、子分たちをあんな目に遭わされた親分が、何もしねえんじゃ筋が通らねえんです」

「そうか。じゃあ、何もいわねえよ」

「それじゃあ、そういうことで。旦那、行きましょう」

金吾に促され、左内は門に向かった。

虎庵が書院に戻ると、佐助と幸四郎、獅子丸の三人が天ぷらを肴に寿司を摘んでいた。

「美味そうだな」

虎庵が縁側に座ると、獅子丸が走り寄った。

「先生、なんでもいって下さい。あっしが取ってきますから」

獅子丸は嬉しそうに屋台を指さした。

「じゃあ、俺も寿司を頼む。煮ハマにコハダにスズキ、職人にいって飯は半分にして貰ってくれ」

「はい」

獅子丸は縁側を飛び降りた。

「佐助、夕刻にはあの死神も目覚めると思うが、舌を噛み切って自害されたらまずいな」

「先生、心配ご無用です」

佐助は幸四郎と顔を見合わせて笑った。

「心配無用とは、どういうことだ」

「先生、我らは侍と忍びを捕えたときには舌を噛み切られぬよう、上の歯を全部抜けと風魔谷で教え込まれております」

「なるほどな、それなら舌は噛み切れぬな。だがなぜ、上の歯なのだ」

「上下の歯を抜いては、敵の言葉が聞き取りにくくなるからです」

「そうではない。なぜ下の歯ではなく、上の歯なのかと訊いてるんだよ」

「さあ」

佐助と幸四郎は同時に首を傾げた。

そこに獅子丸が持ってきたにぎり寿司を置いた。

左内が南町奉行所に戻ると、吟味方与力が待ち受けていた。

「どうしたい山内、嬉しそうに」

「それが野茨組の首領と副首領が全部吐きまして、打ち首獄門が決まりました」

「そうか、よかったな」

「奴らはとんでもない外道でして、手当たり次第に商家を襲い、商家が自衛を始めたところで『白袴』とかいう講を組むんです」

「講？」

「はい。この講にはいって講金を払えば、野茨組の標的から外れるとかで、京や大坂の商家はこぞって講に入ったそうです。それで集まる金が毎月千両、野茨組は盗みを働くこともなく、左うちわだったそうです」

「それが何で、江戸くんだりまで下ってきやがったんだ」

左内は不愉快そうにいうと、懐から煙草入れを取り出した。

「それが例の死神と関係有りなんです」

「死神？」

「なんでも『白袴』は、上方の京極屋とかいう人宿の主が絵図面も引いて作ったのですが、野茨組は『白袴』ができるや京極屋の命を狙い、講を乗っ取ったそうです」

人宿とは商家の下男下女、武家の奉公人などを斡旋する口入れ屋のことだ。

「京極屋は殺されたのか」

「いえ、命からがら江戸に逃げ延びた京極屋は、江戸で『白袴』を再現しようと目論んだのです」

「意味がわからねえな」

「江戸にきて、上州や甲府の悪党を震え上がらせた死神の存在を知った京極屋は、野茨組の役に死神を据え、江戸版の『白袴』を作ろうとしたそうです」

「馬鹿いってんじゃねえ。死神が殺してきた奴らは悪党だ。いうなれば正義の死神が悪党の京極屋と組むわけがねえだろがっ」

左内は手にした煙管の雁首に、苛立たしげにキザミを詰めた。

「木村さん、そこが悪党の悪党たるゆえんですよ。京極屋はハナから死神と組もうとはせず、手練れの浪人者を雇って偽の死神を作ったのです」

「偽の死神だと？」

「ええ、死神同様にたったの一両で殺しの依頼を受け、悪党というより江戸のクズを殺しまくりました。江戸庶民は、上州ではヤクザ、甲州では悪徳役人、そしてついに江戸では庶民の敵を葬り、怨みを晴らしてくれる正義の味方と、死神にヤンヤの喝采をおくったわけです」

「そういうことだったのか……」

左内はキザミを詰めた雁首を煙草盆の火種に寄せた。

「その京極屋ってのは……」

「京橋で岸和田屋と名を変えて人宿を営業しております。表向きは死神に怯える商家に、浪人者の用心棒を斡旋して大儲けしているそうですが、裏では江戸版の『白袴』で、その何倍もの講金を集めているそうです」

「けっ、火消しが放火をしているようなもんじゃねえか」

「野茨組が江戸に乗り込んできたのは、京極屋の情報を掴み、江戸版の『白袴』も横取りするのが目的だったわけです」

山内はわけしり顔で頷いた。

「大岡様はこの件について、知っているのか」

「もちろんです。しかし野茨組はともかく、死神の件は老中から静観しろと命じられているので、岸和田屋は今しばらく泳がせておけとのことでした」

「なんてこったい。岸和田屋から老中に金でも渡っていたら、お奉行はどうするつもりなんだ」

左内は苛立たしげにスパスパと音を立てて煙管を吸った。

「木村様、まあいいじゃないですか、来月には長崎奉行支配組頭にご栄転なんですから。いっそのこと長崎に発つまでの間、箱根あたりで湯治でもされてきたらいかがですか。さあて、私は囚獄にいってまいりますので」

山内はそういうと、与力番所を出た。

意外な形で死神の真相を知った左内は愕然とした。

仮に南町奉行所が動いたとしても、虎庵や金吾がいうように死神に北町の田口が絡んでいて、左内が想像したように岸和田屋から老中に金が渡っているとしたら、幕府の権威を揺るがすような大醜聞となる。

左内はすぐに、事の真相を虎庵に伝える気にはなれなかった。

七つ、薬研堀の吾作を訪れた金吾は、店に集まっていた将棋好きを次々と撃破していた。

店内は広く、そこここに将棋には興味のなさそうな五、六人の侍が盃を傾けていた。

そして今まさに、大工の留吉を投了させる一手を打とうとしたとき、右の鼻の脇に大きな黒子のある侍が縄暖簾を潜ってきた。

「なんだ、なんだ、なんだ、薬研堀の吾作といえば、江戸でも有数の将棋自慢が集まるって聞いて、わざわざ内藤新宿から出張ってきたってえのに雑魚ばかりじゃねえか。

いいか留吉、これでお前も大往生だ。王手っ！　どうだっ、参ったかっ！」

金吾は留吉の玉将の頭に金将を打ち下ろした。

「あちゃーっ、と、投了だ……」

留吉は素直に頭を下げると、掛け金の一分金を金吾の茶碗に放り入れた。

「ほう、威勢のいい若旦那だな」

店奥の騒ぎを聞きつけた田口が、留吉の後ろに立って将棋盤を覗き込んだ。

「あ、田口の旦那、この生意気な野郎をやっつけちまってくださいよ。こら若造、これであんたも年貢の納め時だぜ」

留吉は弾かれたように席を空けた。

「旦那、やるんですかい」

「そうさな、掛け金は二分。外ウマ有りでよければな」

外ウマとは、見物人が勝負するどちらかに乗ってする賭のことだ。

「結構ですよ。外ウマは誰が乗るんだい」

「田口の旦那に乗った！」

留吉が叫ぶと、金吾に負けて一分を取られた五人が次々と乗った。

「ひーふーみー、都合六人ということは、この勝負に勝てば三両か」

「バーカ、お前が負けて三両払うんだよ。ちゃんと金は持っているんだろうな」

留吉の言葉に、金吾は懐から二十五両の切り餅を取り出して見せた。

それを見た一同は押し黙り、生唾を飲んだ。

「ほう、豪気じゃねえか。なんなら掛け金を十両に上げるか？」

「結構じゃねえですか。お前さんたちはどうするね」

「じょ、上等といいてえが、持ち合わせがねえんだよ」

「じゃあ、お前さんたちは二分ということで。旦那、始めましょうか」

「わかった」

田口はそういって駒を並べ始めた。

金吾の先手で始まった勝負は一進一退の攻防が続き、すでに百手を超えていた。

そして百五手目、ここにきて勝利を確信した金吾は、店のオヤジに水を頼んだ。

「居酒屋で水とは、餓鬼みてえなことをいうな」

負けを悟った田口は、苛立たしげにいった。

「いえね、ちょいと薬を飲もうと思いましてね」

金吾は懐から薬籠を取り出し、中から白い薬袋を取り出した。

突然、目前に現れた、亀甲に花菱の紋が施されて髑髏の根付けが付いた薬籠に、田口の目がギラリと輝いた。

「どうやら俺の負けのようだな」

田口は財布から取り出した小判を十枚、将棋盤の上に投げた。

「えへへへへ、旦那、すいませんね。おう、お前さんたちはいいぜ、二分は挨拶がわりだ。これからもよろしく頼むぜ。オヤジ、酒だ、今日は俺の奢りだっ」

金吾はそういって、十枚の小判を懐にしまった。

「お前さん、その薬籠、どこで拾った」

「拾った？　とんでもありませんよ。こいつはね、内藤新宿の角筈一家の若衆が、谷中の摩利支天横丁で拾った物を譲って貰ったんですよ。正確にいえば、将棋の勝負でいただいちまったんですけどね」

「谷中？」

「ええ、摩利支天横丁。それがどうかしましたか」

「いやなに、俺の知り合いが、それとよく似た薬籠を小塚原で無くしたそうでな」

「なるほど、なんならお譲りしてもかまいませんぜ」

「いくらだ」

「百両」

「下郎、それがしを北町奉行与力と知ってのことか」

田口は脇差しに手をかけた。

それを見た金吾は瞬時に宙を舞い、田口を飛び越した。

「おおっと、冗談ですよ。明日またきますんで、値段はその時に決めやしょう」

金吾はそういって、薬籠を田口に見せびらかせながら店を飛び出した。

二

一方その頃、良仁堂で治療を受け、土蔵に閉じこめられた死神は相変わらず目覚めずにいた。

「で、野郎の様子はどうだ」

虎庵は報告した佐助に訊いた。

「土蔵で焚いた阿片が効いているようで眠ったきりです。手足を踏ん縛ってるんで、暴れることはないと思いますが」

「そうか、ならばそのまま放っておけ。いずれにしても奴がまともに話せるようになるのは明日以降だ」

虎庵が鰻の串焼きを囓ったとき、庭先から聞き慣れた声がした。

「虎庵様、なんですか、この騒ぎは」

桔梗之介は庭奥に並んだ屋台に群がる、角筈一家の若衆を見て目を丸くした。

「和尚、いいところにきたじゃねえか。お前さんも好きな物を貰ってこいよ」

「寿司に鰻に天ぷらに……とにかく何でも揃ってるそうだ」

「いいんですか？」

「それじゃあ遠慮無く」

桔梗之介はそそくさと小走りで庭奥に向かった。

それから半刻後、酒を飲みながら、虎庵からこれまでの経緯をつぶさに説明された桔梗之介は、頭まで赤くして憤然とした。

「虎庵様を狙い、しかも左内の馬鹿が襲われた上に殺しそびれやがって……死神とやら、捨ておけませんな」

「なんだ、この前に会ったときとは話が違うじゃねえか」

「じつは先日、京橋にある岸和田屋という口入れ屋の主人とあったんですよ」

「岸和田屋？」

「何年か前に、上方から流れてきた口入れ屋なんですが、今回の死神騒ぎで、怯える商家に用心棒を斡旋して大儲けしている奴ですよ。うちの道場からも三十人ほど紹介したのですが、こいつが女癖の悪い商家の放蕩息子を知らないかというのです。理由を訊ねたら、そういう奴が死神に殺されれば、もっと浪人の働き口が増えるでしょう。死神様は侍の仕事を作ってくれる生き神様で、気に入らない外様大名を潰しては浪人を増やす将軍こそ、侍にとっては本当の死神でしょうなどとぬかしやがったんです」

「お前さんたち道場主は、そいつの商売の片棒を担がされているというわけか。だが風魔と死神を同じ穴のムジナといい、幕府による侍の世を批判するお前さんには、担ぎ甲斐があるだろう」

「虎庵様、あのときは私も、女房に出て行かれてどうかしていたのです」

桔梗之介は喉を鳴らして茶碗の酒を呷った。

「女房に出て行かれた？　なぜだ」

虎庵は徳利を差し出した。

「じつは岸和田屋との付き合いが始まって以来、何かと金回りが良くなったものですから、つい深川の岡場所に……」

「まあ、上海にいた頃も、五日に七回、遊女屋に通うほどの女好きのお前さんが、女房ひとりで我慢できようはずがないとは思っていたが。だが、なんでバレたのだ」

「それが、女房に毛ジラミをうつしてしまったのです」

あまりの馬鹿馬鹿しさに、虎庵は開いた口が塞がらないのと同時に、女房に逃げられた亭主の世を拗ねた発言を見抜けなかった慙愧で頬が熱くなった。

「てえことは、和尚は今、頭も下半身も毛を剃られてツルツルか、とんだお笑いぐさだな」

串刺しのエビ天を両手に持った左内が、当たり前のように縁側に上がってきた。

「何っ！」

振り向いた桔梗之介の右手が脇差しの柄にかかった。

「ばーか、そいつで切るのは、かみさんのおそその毛だけにしやがれってんだ」

左内は青々とした桔梗之介の脳天に、エビ天を食い終えた串を突き立てた。

「先生、さっきこの馬鹿は、左内の馬鹿を襲った上に殺しそびれやがってとかぬかしたんだぜ。桔梗之介、お前さんはもう武士じゃねえし、還俗して坊主でもねえんだ。町方の俺がお縄にできるってことを忘れてんのかっ！」

左内はもう一度、竹串を突き立てた。

出血はないが、虎庵には「プッッ」という音が聞こえたような気がした。

「左内の旦那、もういいだろう、勘弁してやってくれや」

「先生に頼まれたんじゃしかたがねえな」

「やけに機嫌がいいが、何かいいことでもあったのか」

「野茨組と死神がつながったぜ」

「どういう意味だ」

「だから、野茨組の副首領が全部白状したのよ。野茨組は全員女物の着物を羽織り、いっぱしの傾奇者気取りだが、ほとんどが次男三男の食い詰め者だ。金と酒を与え、飯を腹一杯食わせ、いい女を抱かせてさえいれば、どんな残虐なことでもやりやがるから、野茨組の悪名はあっという間に畿内で知れ渡った。しかも副首領の峰吉って野郎が切れ者で、証拠は一切残さず、目撃者は女子供でも容赦なく殺したそうだ。そして頃合いを見計らい、実家の神社で『白袴』なる講を組んだ。そしてこの講に加わって講金を払った店は、野茨組の標的から外されるってふれこみで、畿内の大店の主を誘ったそうだ」

「がめつい商人が、そんな話に乗るかね」

「先生、そこが奴らの狙いよ、断った店だけを片っ端から襲撃し、店に火を放ったそうだ。三軒も襲うと商人たちの方から、講に入れてくれといってきたそうだ。ちなみに講金は毎月銀五百匁（十両）、その総額は毎月、江戸でいうところの千両を超えてたんだとよ」

「とんでもねえ悪党だが、それと死神がどうつながるんだ」

「そう慌てるなよ。この『白袴』って講は、もともと絵図面も引いたのは、大坂の京極屋という人宿の主にもかかわらず、野茨組は『白袴』ができるや京極屋の命を狙い、乗っ取っちまったんだ」

「なんだか野茨組は、盗賊というより悪徳商人みてえだな」

「問題はここからよ。京極屋は命からがら江戸に逃げ延びたんだが、江戸で上州や甲府の悪党を震え上がらせた死神の存在を知り、野茨組の役に死神を据えた江戸版の

『白袴』を作ろうと思い立ったんだ。しかも京極屋は、ハナから死神と組もうとはせずに、偽の死神を作ったんだ。死神同様にたったの一両で殺しの依頼を受け、江戸のクズを殺しまくると、案の定江戸の庶民は、死神に対してたったた一両で悪党を殺し、自分たちの怨みを晴らしてくれる正義の味方と持てはやした」

「上州と甲州に現れた死神と、江戸の死神は別物というのか」

「そういうことだ。野茨組が江戸に乗り込んできた本当の理由は、京極屋が江戸で作った講を横取りするためだったんだとよ」

左内は虎庵が差し出した茶碗を受け取ると、自分で徳利の酒を注いだ。

「京極屋が作った講の名はわかっているのか」

「そこまでは野茨組もわかってねえみてえだぜ。さあて、それじゃあ屋台で寿司でもゴチになり、帰るとするか。じゃあな、和尚」

左内はなぜか、京極屋が京橋の岸和田屋であることを虎庵に告げず、ニヤリと笑って立ち上がった。

そして「あらよっと」というかけ声とともに、縁側から飛び降り、庭奥に集まる若衆たちにまぎれた。

「虎庵様、死神が偽物だったとは参りましたな」

桔梗之介は右手で脳天を撫でながら、キスの天ぷらを囓った。

「俺もまさかとは思っていたが……」

「虎庵様は、まさかと思う何かを掴んでいらしたのですか」

「いやなに、佐助たちが死神の正体を突き止めようと、目を皿のようにして捜したんだが、死神が上州や甲府で行なった殺しを裏付ける証拠も、存在を証明する痕跡すら見つからなかったのだ」

「風魔でも尻尾を掴めないとなると……」

「おそらく死神は、上様が組織した暗殺集団だ」

「上様がですか？」

「まず死神を上州に送り込み、ヤクザの中でも死罪必至の凶状持ちを始末した。これは上州の役人、町民はもとより、当のヤクザも歓迎したはずだ。しかも、たったの一両で殺しの依頼を受けるという噂を意図的に流し、死神は正義の味方と印象付けた」

「しかし、上様がなぜそのようなことを……」

「幕府に巣くう不良旗本や御家人、シロアリ退治だよ」

「はあ？　仰る意味がわかりませんな」

「上様は将軍になって以来、さまざまな幕政改革を行なってきたが、昨年、突如、甲府勤番が設置されたことは、お前さんも知っているだろう」

「幕府に目を付けられた不良旗本ばかりが、次々と甲府勤番を命ぜられたことから、役が上がる栄転にもかかわらず、『山流し』なんていわれているそうですね」

「将軍を継嗣して九年、甲府勤番は上様による幕府の組織改革の第一歩だった。桔梗之介、お前さんは道場の大掃除をするとき、最初に何を決める？」

虎庵は意地悪そうな笑みを浮かべ、徳利を差し出した。

「うーん、日取り、いや、出てきたゴミの置き場ですな」

「ほう、正解だ。御側御用取次役の加納様は、甲府勤番をゴミ捨て場にしようとしている上様の意を忖度し、幕府内で棚上げになっていた不良旗本を大量に送りこんだ」

「そして死神が、不良旗本を成敗した……」

「御側御用取次役の加納様同様、老中たちも上様の意を忖度し、死神捜査の手を緩めさせる。大量の不良旗本を暗殺すれば、疑いの目は幕府に向けられ、それが幕府不信にも繋がる。だがそれが死神の下した正義の鉄槌となれば話はかわる。お前さんは風魔と死神は同じ穴のムジナといったが、まんざら間違っていないと思うし、上様らしいやり方と思わないか」

「その死神の評判を利用して偽物を作った京極屋、ただ者じゃありませんな」

「そうかな。本物の死神は、上様にしろ、加納様にしろ、老中にしろ、徳川幕府による太平を続けるために起こしたことだ。だからこそ、その秘密も徹底的に守られている。だが偽の死神は集めた奴も集められた奴も、欲望にかられて銭金の魔力に魅入られたただの馬鹿だ」

「だからこそ虎庵様の襲撃に失敗し、左内には殺害予告などというふざけた真似をしながら、予告も守れず殺害にも失敗した。これが本物の死神だったら、生きてはおられませんでしょうな」

「いずれにしても、全ては明日の朝だ」

「え？　明朝、何かあるのですか」

「俺が死の淵から救ってやった死神が、土蔵に閉じこめられていてな、そいつが全てを教えてくれるだろうということよ」

「そういうことならば、私も家には帰れませせぬな」

「俺はかまわぬが、またまた女房殿に家出されても知らないぜ」

「その時はその時です。お、肴がもうありませぬな」

桔梗之介は弾かれたように立ち上がり、庭奥の屋台に向かった。

三

翌朝、土蔵で行なわれた、死神への拷問は凄まじかった。

だが死神は指をへし折られ、全身を切り刻まれても、自分が死神であること以外、何も喋らなかった。

その場にいた虎庵はもちろん、金吾や左内、拷問を行なった佐助や幸四郎も、質問が悪いのか、責めが足りないのか、いずれにしてもかたくなに知らないといい続ける死神の言葉に、嘘はないような気がしていた。

「佐助、仕方がねえ。昨日、俺が縫った傷口の糸を一本一本切ってやれ。たったの一晩で傷口がくっつくわけもねえから、いずれ肺腑と心の臓がずり出てくるかも知れねえが、殺す手間が省ける」

虎庵は死神に聞こえるようにいった。

「お頭、すぐに死にますかね」

「いや、切腹をして腸が全てはみ出ても、人間は三刻は生き続けるそうだ」

「痛えんでしょうね」

佐助も調子を合わせた。

「そりゃそうだ。地獄の苦痛だからこそ殺してくれって、介錯を頼むんじゃねえか」

虎庵は不気味な笑みを浮かべ、死神を見下ろした。

「た、助けてくれ、俺たちは互いのことも知らなければ、仲間が何人いるかも知らぬのだ」

「佐助、ほれっ」

虎庵は手にしていた大刀から小柄を抜いて、佐助に手渡した。

「待ってくれ、本当なんだ」

死神の目から流れた涙が顔面の血を洗い、床にしたたり落ちた。

「それでは質問を変えよう。いつ、どこで、誰がお前さんに俺の殺害を命じたのだ」

「あの日の前夜、両国の居酒屋で、一緒にあんたを襲ったもうひとりの男に二十五両渡され、一緒にくるようにと命じられたんだ」

「居酒屋の名をいえ」

「薬研堀端の吾作だ。俺は毎日暮れ六つ、あの店に行くように命じられていて、殺しの命令をするのは、いつも違う男なんだ」

「吾作だとお？　間違いねえな」

黙って見ていた金吾が、死神の前にしゃがみ込んで髷を掴んだ。

「先生、これ以上いたぶったところで、こいつから何も聞けねえでしょう。皆さん、ちょっとよろしいですか」

金吾はそういって土蔵の鉄扉を開けて外へ出た。

最後に書院に集まったのは幸四郎だった。

「愛一郎に死神の手当を頼み、獅子丸が見張っています」

「ご苦労。金吾親分、話は何だ」

虎庵は金吾に、話を始めるよう促した。

「じつは昨日、死神が口にした吾作にいってめえりやした」

「吾作、聞いたことがあるような気がするが……」

「先生、左内の旦那と田口伊右衛門が、知り合ったとかいう店ですよ」

「そうだ、そんなことをいってたな」

「昨日、あの店にいったところ、まさに暮れ六つ近くに鼻っ柱の右に大きな黒子のある侍、田口伊右衛門が現れやがったんです」

「暮れ六つにか」

「あの店には田口の将棋仲間が集まっていたようで、あっしが手当たり次第に負かしてやったら、奴と十両賭けて一勝負することになったんです」

「十両とは豪気だな」

「あっしは二分っていったんですがね。掛け金が高くなったから、将棋の腕が上がるわけじゃありませんが、金額にビビれば持てる力を発揮できなくなる。素人相手に、ヤクザがよく使う手です。それより、たかが町奉行所の与力が賭け将棋に十両も使えることの方が問題です」

「結果は……」

「先生、いわぬが花ですよ。それより勝負がついた後、あっしがこいつを出して水を頼んだときの田口の顔、お見せしたかったですぜ」

金吾は虎庵の前に薬籠を置いた。

安っぽい髑髏の根付けが転がった。

「目に浮かぶな。奴はなんといったんだい」

「いきなり、『お前さん、その薬籠、どこで拾った』ですよ。あの物腰と身のこなしは、ヤットウはかなりの使い手ですが、頭の方は便所コオロギ並みですよ」

「それで親分は何と答えたんだ」

「こいつはね、内藤新宿の角筈一家の若衆が谷中の摩利支天横丁で拾った物を譲って貰ったっていうと、『俺の知り合いが、それとよく似た薬籠を小塚原で無くしたそうでな』なんてぬかしやがったんです。そこであっしが譲ってもかまわないといったら、ダボハゼみたいに食らいついて、すぐに売値を聞いてきました。あっしも面白くなって、百両って答えたら、田口は『下郎、それがしを北町奉行与力と知ってのことか』って、いきなり脇差しに手をかけやがったんです」

「確かに頭は、便所コオロギ並みかもしれねえな」

「あっしは慌てて逃げ出しましたが、店を出る前に『明日またきますんで、値段はそのときに決めやしょう』っていっておきました」

「とんだ災難だったな」

金吾は偶然のように話しているが、吾作にいったのは田口と接触するために出向いたことを虎庵は察した。

「先生、田口は小塚原で女衒を殺った偽死神に間違いありません」

「翔太を刎ね殺したのも奴の仕業だ。佐助」

「は、はい？」

いきなり声をかけられた佐助はわけがわからず、とりあえず返事をした。

「田口を掠うか」

「かまいませんが、土蔵の野郎の話では、死神は互いの顔も名前も知らねえけれど、毎日暮れ六つに吾作に集まり、指令を受けているそうじゃないですか」

「確かにそういってたな」

「田口はどうしても薬籠を取り返したいはずですから、今日も吾作にくるでしょうし、他の顔ぶれも揃うんじゃないでしょうか。ここはまず、今夜、吾作にくる侍全員に尾行をつけてみてはいかがでしょう」

佐助の意見はもっともだった。

北町奉行所与力の田口を掠えば、生きて帰すわけにはいかない、しかし田口が土蔵の死神以上に、何かを知っているという保証もないのだ。

それになにより、首謀者である京極屋について、何の手がかりも得ていないことが問題だった。

「佐助。俺は京極屋について調べてみるので吾作はお前に任せよう」

「それじゃあ幸四郎、すぐに吉原に走ってくれ」

「はい」

幸四郎はすぐさま玄関へと走った。

「先生、土蔵の野郎はどうしましょう。いっそのこと、吉原に連れていって始末してしまいましょうか……」

「いや、まだ使い道はあるかも知れねえし、愛一郎にはこれも医術治療の修業になるからな」

「わかりました」

土蔵の死神はまさに瀕死の状態で、想像を絶する苦痛地獄にいるはずだ。

いっそのこと、このまま殺してやるのが武士の情けと佐助は思ったのだが、虎庵は非情だった。

四半刻後、虎庵と桔梗之介は、下谷七軒町を桔梗之介が元鳥越町でやっている小野派一刀流剣術道場「志誠館」に向かっていた。

桔梗之介は昨夜、女房のお志摩に連絡することなく無断で外泊していたせいか、ずっと俯き加減で肩を落としている。

お志摩と夫婦になるために、紀州藩附家老の息子という身分を捨てて出家した。そしてひと月も経たないうちに還俗して町人になり、恋女房と夫婦になったのだ。にもかかわらず、少しばかり金回りが良くなると、生来の女好きが鎌首をもたげ、遊女屋通いを始め、それを知ったお志摩が出奔してしまった。

虎庵はそのお志摩が帰ってきて五日も経たぬというのに、昨夜、桔梗之介に無断外泊させてしまった手前、ひとりで帰すわけにはいかなかった。

ふたりが三味線堀に向かって右に曲がったとき、虎庵が桔梗之介を引き留めた。

「おい、いま三味線堀の河岸から上がってきた侍、左内じゃねえか」

虎庵は侍に背を向けると、桔梗之介に確認するよう促した。

「確かにあれは、南町の馬鹿与力です。奴の前方を歩く町人を尾行しているようですね」

「なに？」

虎庵が振り返ると、左内は風呂敷包みを持ったお付きの者を引き連れた、身形のいい町人を尾けていた。

「あの町人、お前さんの道場のある元鳥越町に向かっているな。よし、俺たちふたりを追うぞ」

　虎庵は懐から取り出した手拭いで顔を隠した。

　ふたりが左内を追って、三味線堀に架かる橋を渡ろうとしたとき、町人が桔梗之介の剣術道場「志誠館」の粗末な冠木門を潜るのが見えた。

「おい、あの町人、お前さんの道場に入っていったぜ」

「ええ？　あ、思い出した。あの町人は岸和田屋ですよ」

「岸和田屋？」

「ほら、何年か前に上方から流れてきた口入れ屋で、今回の死神騒ぎで商家に用心棒を斡旋して大儲けしている口入れ屋ですよ。うちの道場からも三十人ほど紹介したっていったでしょう」

「上方から流れてきた口入れ屋を左内が尾行する？」

　虎庵は呟くと、冠木門に隠れるようにして道場の様子を探っている左内に走り寄った。

「よっ！　旦那、こんなところで何してるんだい」

　虎庵が左内の左肩を掴むと、一瞬、全身をビクつかせた左内が鬼のような形相で振り返った。

四

虎庵を追ってきた桔梗之介が、息を切らせて門前に立った。

「な、なんだ、いきなり」

虎庵と桔梗之介とわかった左内の顔は、鬼の形相が解けて引きつり始めた。

「なんだはご挨拶じゃねえか。南町の内与力様が、町人を尾ける方が妙じゃねえか。桔梗之介、岸和田屋はお前に用があるんだろうから、さっさと行ってやれや。俺はこの一膳飯屋で左内の旦那に聞きたいことがある」

虎庵はそういうと左内の腕を掴み、三軒ほど先にある一膳飯屋に向かった。

一膳飯屋の暖簾を潜った虎庵が大声で酒を頼むと、まるで用意していたように婆さんが徳利を運んできた。

「婆さん、すぐにできる肴はなんだ」

「アサリのぬたでございましたら……」

「おう、それでいいや。芥子じゃなくて、山葵を効かせてくれ」

「はい」

虎庵は婆さんが調理場に向かったのを確認すると、左内に徳利を差し出した。

「旦那、あの男を追っていた理由を教えてくれよ」

「理由って、お役目上の話だ。話せるわけがねえだろうが」

「お城に行ったきりのお奉行様に代わり、奉行所を取り仕切らなければならない内与力様が、お役目で尾行なんて話があるかよ」

左内は虎庵が注いだぐい飲みの酒を一息で呷り、口をへの字にしたまま答えようとしない。

「岸和田屋っていったかな、あの男」

虎庵の言葉を聞いた左内は、慌てて視線を外して天井を仰ぎ見た。

「確か上方から流れてきた口入れ屋で、今度の死神騒ぎで用心棒を斡旋し、えらく儲けているんだろ」

左内は天井を仰いだまま腕を組んだ。

「どうしても口をわらねえならいってやるが、あいつが江戸の死神騒ぎの絵図面を引いた京極屋だろ」

「な、なんでそれを……」

左内は腕をほどくと、両拳で卓を叩いた。

「なんでだと？　それをいいたいのはこっちだ。お前さんは昨日なんといった。京極屋の江戸での屋号は、知らねえはずじゃなかったのかよ」

虎庵はぐい飲みを口元に運び、上目遣いで左内を睨んだ。

「そこまで知られていたんじゃ仕方がねえ。確かに奴が京極屋だよ」

左内は吐き捨てると、手酌で酒を注いだ。

そこに婆さんがアサリぬたの小鉢を運んでくると、左内は箸で乱暴に小鉢の中をかき回した。

「旦那、岸和田屋が京極屋だということを隠した訳を教えてくれ」

「隠した訳じゃねえよ。今朝方、同心から奴が京極屋だということを知らされ、尾行しただけのことなんだよ」

「そうじゃねえだろ。あんたは田口が偽死神だと確信したからだろ」

「ち、違う」

「じゃあ、大岡様に静観を命じた老中が、岸和田屋から袖の下を受け取っていた証拠でも掴んだのか」

「ば、馬鹿なことをいうな」

箸でアサリを摘んだ左内の右手が、可哀想なくらいに震えた。

「いいじゃねえか。あんたの気持ちはわかるよ。岸和田屋の引いた絵図面が白日下に晒されることになれば、幕府や北町奉行所の権威と信用は失墜する。御庭番のお前さんは、そうなる前に自分の手で岸和田屋を始末しようと思ったんだろ」

図星を突かれた左内は手にしていた箸を落とし、ガクリと項垂れた。

俯いた左内の目から流れ落ちた大粒の涙が卓を濡らした。

「旦那は偽死神の連中が何者なのか、全てわかっているのか」

「いや……それは……」

左内は呻くようにいった。

「そうだと思ったぜ。お前さんにはいってなかったが、俺たちは俺を狙ったふたり組の死神の片割れを拉致した」

「あばら骨を叩き折った奴か」

「ああ。だがあの男、風魔の責めを受けても仲間のことを明かさなかった。いや、奴らは仲間内でも互いの素性を知らされておらず、明かそうにも明かせなかったのだろう」

「そこまで徹底しているのか」

「すべての絵図面を引いた京極屋ってのは、人の心を知り尽くした化け物なのかも知れねえぜ」

「仮に田口が偽死神の統領だとしても、知っているのは配下の名だけ……」

「それも偽名だろう。いまここで岸和田屋を殺されたら、死神一党は江戸を逃げ出し、足取りを掴むこともできなくなる」

「そういうことか……」

「旦那の気持ちはわかる。だがここはひとつ、おれにまかしちゃ貰えねえか、悪いようにはしねえから」

虎庵は竹筒に差し込まれた塗り箸を二本抜き、左内に差し出した。

「そうだな、俺の出番はなさそうだな」

箸を受け取った左内は、そういって小さな溜息をついた。

「旦那、あんたにひとつ頼み事があるんだが」

「なんだ」

虎庵は辺りをうかがうと身を乗り出し、左内の耳元で何ごとかを囁いた。

それから四半刻ほどすると、桔梗之介がお志摩をともなって一膳飯屋に現われた。

「虎庵様、お待たせしました」

「お、早かったじゃねえか。お志摩、久しぶりだな」

虎庵が軽く右手を上げた。

「それじゃあ俺は、奉行所に戻るとするか」

左内はいつもの刀とは違う、鮫革を磨き出したいかにも高級そうな拵えの大刀を掴んだ。

虎庵はその刀にこそ、岸和田屋をなき者にしようという、左内の決意と覚悟が表れている気がした。

「旦那、まだいいじゃねえか。岸和田屋の大旦那が、こちらの大先生にどんな頼み事をしたのかくらい、聞いてからでもいいんじゃねえか」

「ん？　そうか、それもそうだな」

左内は素直に床机に座り直した。

「で、桔梗之介、岸和田屋の用件はなんだった。道場の手練れを紹介してくれとでもいってきたか」

虎庵が向かいの桔梗之介に徳利を差し出すと、左内がお志摩にも徳利を差し出した。

「私もそんなことではないかと思っていたのですが、私に仕事を引き受けて貰えぬかというのです」

「お前さんにか？」

「ええ、小野派一刀流免許皆伝の腕を見込んでとか申しまして……」

桔梗之介は照れ隠しで坊主頭を掻いた。

「で、仕事ってのは……」

「詳しいことは、ここで申すことはできませぬが、危ない橋を渡っていただくことになりますと申しておりました」

「それだけか」

「いえ、それなりの報酬は、払わせていただきますと申しまして……」

「いくらだ」

桔梗之介は虎庵に向かって手の平を開いて突き出した。

「五両か」

「いえ、五百両……」

「ご、五百両だと、どこぞの大名でも殺る気かな」

「名はいえぬが、とある悪徳医師が標的と……」

桔梗之介、お志摩、左内の視線が虎庵に集中した。

「お、俺か、俺を殺るのにたったの五百両だと？」

「和尚、こちらの先生は何年か前に、この首に千両を懸けられた大物医者だぞ。五百両は安いっ！」

左内は嬉しそうに何度も虎庵の肩を叩いた。

「岸和田屋はそれだけいうと、このきんつばを置いていきました」

お志摩がそういって、小さな木箱の菓子折を虎庵に手渡した。

「やけに重いきんつばだな」

虎庵が蓋を開けてきんつばを取り出すと、その下から山吹色の小判が顔をのぞかせた。

「ふーん」

「挨拶がわりでございます。それともし、お願いを聞き入れていただけませぬときには、これで全てお忘れいただけますようにって、いってました」

「口止め料ということか。ところで桔梗之介、お前さんはなんて答えたのだ」

「断ったに決まっているでしょうっ」

「それは惜しいことをしたな。今からでも間に合うはずだから、岸和田屋にいって引き受けてこい」

「はあ？」

桔梗之介の声がひっくり返った。

「桔梗之介、あの岸和田屋は、偽死神を作った京極屋だ」

虎庵は声をひそめていった。

「ほ、本当ですか」

「ああ、その岸和田屋にお前さんが雇われれば、何かと都合がよくなる。それに万が一、剣をまみえることになったとしても、相手がお前さんなら絶対に負けることはないからな」

「わかりましたよ。あとで岸和田屋にいってきますよ」

桔梗之介はふて腐れていった。

「そうだ、お志摩。桔梗之介は商売がお上手だから、仕事を引き受ける条件として半金前渡しを要求するはずだ。その二百五十両と、この菓子折の五十両、しめて三百両はお前さんの物だ。この和尚にそんな大金を渡したら、どこぞの遊女のおそそにつぎ込まれちまうのが落ちだし、そうなったらお前さんも、二度と帰ってこねえだろうからな」

虎庵は楽しそうに、ぐい飲みの酒を呷った。

「まあ、旦那様ったら、先生にそんなことまでお話ししたのですか」

「まあ、そういうことだ」

虎庵はやぶ蛇を突いたように、気まずそうな顔で菓子折を差し出した。

「お志摩、いいじゃねえか。この和尚は、それだけお前さんに惚れているってことなんだからよ。さあて、俺は奉行所に戻るとするか。ここは馳走になるぜ」

左内はそういうと、例の大刀を腰に差し店を出た。

虎庵が見送った左内の後ろ姿は、心なしか淋しげに見えた。

五

その日の暮れ六つ少し前、金吾は約束通り吾作の縄暖簾を潜った。

表にはさまざまな職人や商人に扮した、風魔と思しき男たちが吾作を見張っている。

向かいの茶屋の二階には、金吾が二十人ほどの若衆を控えさせている。

店内の奥では例によって将棋好きが集まる中、田口伊右衛門と見知らぬ浪人者が将棋を指していた。

店内にはそれとは別に、昨日いたのと同じ侍が四人、風魔と思しき目つきの鋭い職人や町人が七人ほど酒を飲んでいた。

「オヤジ、今日は大繁盛だな。おう、これは昨夜渡せなかった飲み代だ」

出口に近い空席に座った金吾は、オヤジに小判を一枚投げて酒を頼んだ。

ほどなくして、徳利とぐい飲みを載せた盆を持った田口が、金吾の向かいに座った。

「昨夜は世話になったな」

田口が徳利を差し出した。

「いえいえ、こちらこそ思わぬ小遣いを稼がせていただきました。つきまして、こいつのことなんですが」

金吾は懐から、髑髏の根付けが付いた薬籠を取り出した。

「売る気になったか」

「へえ。ただし、この根付けはかなり珍しい香木でできているとかで……」

「ほう、よく調べたな。お前さんに話したところでわからぬだろうが、黄熟香という貴重な香木だ。その大きさで二両は下らぬ」

田口は金吾が値を吊り上げようとしていると思ったのか、でたらめな相場をいった。

「それじゃあ、だんな。ずばり、これでいかがでしょう」

金吾は指三本を立てた右手を突き出した。

勝手に三十両と思いこんだ田口の右手が、ゆっくりと脇差しの柄を握った。

「だ、旦那、三両、三両ぽっきりですよ。昨日、十両稼がせていただいたことだし、それで結構ですよ」

金吾は薬籠を軽く放った。

脇差しの柄にかかっていた右手が中空を舞う薬籠を掴んだ。

そして袖に隠れていた左手が、掴み出した三枚の小判を卓に置いた。

「お前さん、中々の腕だが、もう一局、勝負しねえか」

田口は奥の席に視線を投げた。

「いえ、今夜は深川で、ちょいとした将棋の腕比べがございまして、こいつを飲んだらそちらにいくつもりです。明日の夕刻、出直してまいりますので……」

「そうか、それは残念だな」

田口の表情から、さっきまでの険しさが消えていた。

金吾は急いで酒を飲み終えると、両国橋に向かった。

案の定、田口と将棋を指していた見知らぬ侍が後を尾けてきている。

――どうしたものかな。

自分が尾行されることを想定していなかった金吾は、とりあえず堀端を選んで広小路に向かった。

金吾が大川端にぶつかったところで、太い柳の陰から飛び出した左内が金吾の肩を抱いた。

「金吾、振り向くな、尾けられてるぜ」

左内は金吾の耳元で囁いた。

「旦那、あの侍は田口の仲間です」

「そうか」

左内は取り出した捕り縄で金吾を縛った。

「ここであったが百年目、獄門台送りにしてやるぜ～」

左内はあたりを見渡し、芝居がかった大声をあげ、そのまま橋番所に向かった。

尾行してきた侍はそれを見ると、きた道を引き返した。

その晩、五つ半を過ぎたあたりになると、良仁堂には報告にきた風魔が次々と姿を現わした。

そして縁側で夕涼みをしている虎庵、佐助、金吾の前で次々と片膝を突いた。

最初に戻ったのは獅子丸だった。

「俺が尾けた侍は、日本橋の商人宿に戻りました。宿の者の話では、明後日までの宿賃を前金で払っているそうです」

その後、続いた四人の風魔も、それぞれに宿の名前を告げた。

そして最後に戻った幸四郎は、

「田口は八丁堀の組屋敷に戻りました」

といって頭を下げた。

「幸四郎、ご苦労だった。まあ、上がれや」

虎庵はそういうと、書院に戻った。

「先生、どうやら死神の連中は土蔵の男がいったように、つるんで行動はしていないようですね」

佐助がいった。

「吾作に集まっていた死神は、田口を含めて六人か」

虎庵が呟くと、両手を包帯でグルグル巻きにした亀十郎が、足で襖を開けた。

「先生、今夜、吾作に集まった奴らの中に、角筈一家の若衆を一瞬で片付けた手練れのふたりはいませんでした」

亀十郎はそういって、佐助の隣に座った。

「手練れのふたりはいなかったって、お前さんも吾作に行ったのか」

「済みません、この野郎がどうしても連れて行けといってきかなかったもので」

佐助が頭を下げた。

「まあいいや、そうなると、田口ら六人以外が隠れている場所があるということか。困ったものだな……」

虎庵は咥えていた煙管の雁首を灰吹きに打ちつけ、吸い殻の灰を落とした。

「困ることはありませんよ」

そういって縁側に上がってきたのは、坊主頭の桔梗之介だった。

車座になっていた佐助と幸四郎が左右に分かれて席を空けた。

亀十郎はそこに座ると、手にした巾着袋の紐をほどき、中身を畳にぶちまけた。

二十五両の切り餅が、ゴロゴロと散乱した。

わけがわからない佐助たちは、思わず桔梗之介の顔を見た。

「皆にはいっていなかったが、じつは今朝方、桔梗之介を道場まで送っていったのだが、その途中、三味線堀で岸和田屋なる口入れ屋を尾行する木村左内を見つけた。岸和田屋というのは、今回の死神騒ぎに乗じて用心棒を斡旋してひと儲けしている口入れ屋で、桔梗之介の道場でも三十人以上の門弟を紹介していたんだ」

虎庵は淡々と、ことの経緯を話した。

「その岸和田屋を内与力の木村様が尾行していたのですか」

佐助が訊いた。

「そうだ。そしてほどなくして、岸和田屋は桔梗之介の道場に入っていったのだ。左内は門柱に身を隠しながら、道場内の様子をうかがっていたのだが、俺はそこで左内に声をかけ、場所を変えて事情を追及したのだ。そして、岸和田屋が偽死神の絵図面を引いた京極屋であることを認めたのだ」

虎庵の口を突いた「京極屋」というひと言に、一同がどよめいた。

「しかし先生、木村様は例の野茨組の首領たちが、今回の偽死神事件の真相を白状したといってましたよね」

今度は金吾が訊いた。

「その通りだ。野茨組は岸和田屋が江戸で作った、『白袴』を真似た講を乗っ取るために江戸にきたのだ」

「しかし木村の旦那は、江戸に逃げた京極屋が岸和田屋になっていることは、知らなかったんじゃねえんですか。その舌の根も乾かぬうちに、岸和田屋を尾行していたということは、俺たちを……騙していたということになりやせんか」

最後の「騙していた」という言葉に詰まった金吾の心情は、その場にいた誰もが理解できた。

「その通りだ、左内は俺たちを騙し、自分で岸和田屋を殺すつもりだったんだ」

「町奉行所が詮議も無しに断罪って……」

金吾は呆れて二の句がつげなかった。

「左内は北町奉行所与力の田口伊右衛門が、偽死神の一員であることを確信していた。そして偽死神の一件を南町奉行の大岡越前が老中に上告した際、老中に静観するよう命じられた裏に、岸和田屋が老中に使った鼻薬を察したんだ」

「もし偽死神の一件が、木村の旦那の想像通り、北町奉行所与力や老中までが絡んでいやがるとしたら、俺たち町民は……」

「事件の真相が白日の下に晒されれば、幕府は信用を失い、権威も失墜する。左内がそうならぬように、みずからの手を下そうとしたのは、将軍が隠密与力として南町奉行所に送りこんだ御庭番としては、当然の帰結だろう。だが……」

「え？」

「だからって、まだ偽死神の全貌がわからぬというのに、左内に岸和田屋を殺されてしまっては、一味を野に放つことになる。だから俺は、今回の一件は俺に任せてくれといったんだ」

「木村の旦那はなんていったんですか」

「悔しかったんだろうなあ、涙を流していたがわかってくれたよ。とはいえあいつのことだ、奴なりに偽死神の全貌を掴むために動いているんじゃねえかな」

虎庵は膝の上に乗せた煙草入れに煙管の雁首を突っ込み、キザミを揉み込んだ。

「じつは先生、あっしが吾作で田口に薬籠を売って店を出ると、田口と将棋を指していた見知らぬ侍に尾行されやした。侍は並々ならぬ殺気を放つ野郎で、俺はなんとか人混みにまぎれようと広小路に急いだところ、大川端の太い柳に身を隠していた左内の旦那が現れ、俺に尾行されていると囁いたんです」

「なるほどな」

「それで、いきなり捕り縄をかけやがったと思ったら、『ここであったが百年目、獄門台送りにしてやるぜ～』って、芝居がかった大声で喚きながら橋番所に連行しやがったんです」

「なんだ、左内は尾けてきた侍から、親分を助けてくれたんじゃねえか」

「へえ、じつはそういうことなんです」

金吾は場の空気をやわらげようとしたのか、恐縮して頭を掻いた。

「先生、木村様の件はわかりましたが、桔梗之介様の件は……」

佐助は表情ひとつ変えずに聞いた。

「そうだったな。桔梗之介は岸和田屋から、金五百両で俺の殺害を依頼されたんだ」

虎庵はそういって膝元に転がった二十五両の切り餅を拾うと、桔梗之介を見つめた。

左内も金吾も、項垂れたままの桔梗之介に言葉を失った。

六

「この金は半金の二百五十両だよな」

虎庵は手にした二十五両の切り餅を弄びながら桔梗之介に聞くと、桔梗之介は黙って頷いた。

「桔梗之介さん、あんた、岸和田屋の依頼を受けたのか……」

金吾の目が妖しい光を放った。

「おいおい、親分。桔梗之介に岸和田屋の依頼を受けろと命じたのは俺なんだよ。正体が掴めぬ岸和田屋の内部に潜入するいい機会だろ」

「いい機会って……」

「事実、岸和田屋には俺たちが掴んだ以外に、偽死神の一味がいることがわかったんだからよ。桔梗之介、わかったことを教えてくれ」

虎庵は桔梗之介に話を振った。

すると桔梗之介が、岸和田屋で起きた一部始終を話し始めた。

桔梗之介が岸和田屋の番頭に案内された奥の間には、床の間を背にして岸和田屋が座り、入口の障子の左右にふたりの侍が座していた。

侍は体の左側に大刀を置き、事と次第によってはいきなり斬りつけてくるつもりのようだ。

あまりに露骨な無礼に、入室を一瞬ためらった桔梗之介だったが、瓜二つの顔をした侍を見比べているうちに、障子が閉められた。

ふたりの侍は一見すると優男だが、座高の高さからすると身の丈六尺は下らない。俯いたままでいるが、全身からただならぬ殺気を放ち続けていた。

「いやいや、桔梗之介様、わざわざお見えになっていただけたということは、私のお願いを聞いていただけるということですな。どうぞ、こちらへ」

岸和田屋は、目の前に置かれた座布団に桔梗之介を招いた。

桔梗之介は手にした大刀を体の右側に置いて敵意がないことを示すと、ふたりの侍が発していた殺気が消えた。

「話をすすめる前に、俺に殺しを依頼する理由を教えてくれ」

桔梗之介は岸和田屋の目を見据えた。

「私どもとしても、先生の過去を調べさせていただきましたが、ともかく謎だらけ。

二十年以上も前に江戸から姿を消された、紀州藩附家老真壁家六男の桔梗之介様が、突然、五年前に江戸に現れるや出家され、すぐさま還俗されて町娘を娶り、小野派一刀流剣術道場「志誠館」を開かれました。しかもあの道場は居抜きで買われたというものではなく、大身旗本の妾の屋敷を取り壊してわざわざ建て直された。何やら裏に隠された事情がふんぷんと臭うでしょう」

「買った家に道場がなかったから、道場を建てたまでだ」

「聞くところによると、あの屋敷には立派な門があったそうですが、わざわざ粗末な冠木門にされた理由は……」

「そ、それは……」

桔梗之介は答えあぐねた。

「先生の腕の程は門弟方から十分うかがっていましたし、先生の影にも興味がありましてな、先生にはよその道場より多めに紹介料を払わせていただいたところ、先生は美しい奥様がいらっしゃるというのに、すぐさま深川通いをされ始めましたな」

「そ、そんなことまで知っているのか」

桔梗之介は額に浮いた脂汗を袖で拭った。

「私が調べたところでは、あの道場を開くのに五百両は下らない。六男とはいえ実家が紀州藩附家老なら、雑作もないことかもしれません。しかしどうやら無類の女好きで、出家、還俗を繰り返し、町人娘を娶った倅にしてやることとは思えませぬ。ならば……」

「ならばどうした」

「お金の魔力と魅力をよくご存知の、人間らしいお方と判断させていただきました」

「ふふふふ、図星のようだな。俺の過去を話すつもりなど毛頭ないが、金には縁のない道場主となり、つましい暮らしに戻れればと思ったのだが、一度知った金の魅力にはかなわなかった。どうやらあんたには、隠せなかったようだな」

「何を仰いますか。今の城中をご覧なされ、上様の失政とはいいませぬが、私ら商人がバラ撒いた金の魅力に取り憑かれ、尻尾を振るお役人ばかりではないですか。ホッホッホッホッホッ」

岸和田屋は不気味な笑い声を上げた。

「それでは話を進めようと思うが、その前にひとつ確認しておく」

「何でございましょう」

「依頼金は五百両、半金前渡しで間違いないな」

桔梗之介は、あえて半金前渡しという自分の条件を加えて確認した。

「はい。結構でございます」

岸和田屋は背後の戸棚を開くと、中から二十五両の切り餅を十個取り出し、信玄袋と一緒に桔梗之介の前に置いた。

「それでは詳しい話を聞かせて貰おうか」

目の前に積まれた金子を見た桔梗之介は、わざと生唾を飲み込んだ。

「標的は下谷良仁堂の蘭方医風祭虎庵。この男は治療費を女の体で払わせたかと思ったら、往診先の大店や大身旗本、大名に阿片を売っているのです。私は被害にあった町娘数人から、風祭虎庵殺害の依頼を受けまして襲撃したのですが……」

「ちょっと待ってくれっ」

「なんでございましょう」

「もしかして、あんたたちが死神なのかっ？」

左内は入口に控えているふたりの侍を見た。

「左様でございます」

岸和田屋は瞳をギラつかせ、桔梗之介を見据えた。

「俺が知っている限り、死神への殺しの依頼金はたったの一両のはずだ。俺に五百両も払うのは間尺が合わないのではないか」

「私の店はこの江戸に育てられ、商いをさせていただいております。その江戸の民を苦しめる悪党を殺すのは、私にとっては江戸への恩返し、一種の功徳のようなものでございます」

岸和田屋は真顔でいった。

だが利益のためには平気で嘘八百を並べるのも商人の本性だ。

「それを聞いて、なんだか気が楽になったな。ところでさっき、風祭虎庵を襲撃したといいかけたようだが」

「はい。しかし風祭虎庵は思いのほか腕が立ち、私が送り込んだ刺客が返り討ちにあったしだいでございます」

「斬られたのか」

「そんなこともあろうかと思い、刺客には鎖帷子を着せていたので、斬り殺されることはありませんでしたが、あばら骨を何本か粉々にされました」

「あばら骨を……」

岸和田屋の説明を聞いた桔梗之介は、顔をしかめた。

「この者たちの話では、鎖帷子を着れば致命傷は免れるが動きが鈍くなる。少なくとも風祭虎庵は、防御を考えて立ち向かえる相手ではないとのことでした。それで、小野派一刀流の達人と名高い、先生に話を持ち込ませていただいたのです」

「そちらの方々は……」

「私が身辺警護用に西国より呼び寄せた、宮本武蔵の二天一流を継ぐ者にございます」

「つかぬ事をうかがうが、おふたりは双子のようだが」

「見ての通りでございますよ。さて今回の風祭虎庵襲撃でございますが、先生に気を悪くされては困るのですが、おひとりではなくこの者たちと一緒にお願いできればと思っております」

「三人でということか」

「左様でございますが」

「それがしはかまわぬが……」

「じつは先日、南町奉行所のとある悪徳与力を襲撃したのですが、風祭虎庵に続いて失敗してしまったのです。死神ともあろうものが、これ以上の失敗は許されません」

岸和田屋は自分が正義の使徒でもあるかのように、傲慢で自信満々で語った。

桔梗之介は虫ずが走るような不快感をなんとか堪えた。

「与力襲撃失敗の理由は……」

「二十名を超えるヤクザ者と用心棒を雇っていたため、それを片付けるのに手間がかかっている間に与力が川に飛び込み、逃げられてしまったというわけです」

「ヤクザ者と用心棒も殺したのか」

「とんでもございません。死神が殺すのは、依頼を受けた相手だけでございます。全て峰打ちで倒しましたが、思いのほか手間取ってしまったのです」

「なるほどな。で、決行はいつだ」

「もう少しお待ち下さい。見通しが良く、奴が逃げられぬ場所におびき出す手はずをととのえておりますので」

「一度失敗している以上、風祭虎庵も警戒しているだろう。そのようなことが可能なのか」

「なあに、奴は医者ですからね、心配は無用です」

「それはわかったが、せめて方々の呼び名を教えてくれぬか。正体を明かせぬ事情はわかるが、風祭虎庵との戦いとなれば、名を呼ばねばならぬこともあろう」

桔梗之介の問いに、ふたりの侍は、

「大二郎にございます」

「小次郎にございます」

と、順に答えた。

「龍に虎か……。それにしてよく似たご兄弟だ。それがしには、名前がわかったところで見分けがつかぬわ」

桔梗之介は小首を傾げて青々と剃り上げた頭を撫でた。

「ふたりとも二天一流の二刀使いですが、大二郎が右利き、小次郎が左利きにございます」

岸和田屋がわけしり顔でいった。

「なるほど、龍が右で虎が左か」

「それでは先生、よろしくお頼み申す」

桔梗之介が丁寧に頭を下げると、岸和田屋は信玄袋に小判を詰め込んで差し出した。

七

桔梗之介が話し終えても、書院内にはしばしの沈黙が流れた。

その沈黙を破ったのは虎庵だった。

「これでどうやらわかったな。死神は岸和田屋を首領に、大二郎と小次郎、田口伊右衛門とその配下五名の合計九名だ」

「お頭、田口とその配下五名の宿はわかっています。奴らだけでも、今夜中に片付けますか」

佐助が虎庵を呼ぶ名が、お頭に変わった。

佐助が戦闘態勢に入ったことで、一同に緊張が走った。

「まて、田口らを始末したことが岸和田屋に知られれば、奴らも逃走しよう。岸和田屋が俺をおびき出すとすれば、おそらくは誰かの名を騙って往診を頼んでくるはずだ。

俺は騙された振りをして愛一郎とふたりで出かけるが、そのときが勝負だ」

「虎庵先生、てえことは二手に分かれると考えて、よろしゅうございますね」

「その通りだ」

「あっしは二十名以上の若衆をいたぶられました。田口と配下の五名は、毎晩、吾助に集まることがわかっています。奴らの始末は、あっしら角筈一家に任せていただけませんでしょうか」

「そうだな。佐助、田口らの始末は親分に任せるにしても、風魔は奴らの尾行を続けてくれ」

「お頭、桔梗之介様の話では、大二郎と小次郎は二天一流のかなりの使い手。親分のところの若衆を一瞬で倒したふたりとは大二郎と小次郎に違いありません。愛一郎が刃の立つ相手ではありません」

「うむ。往診先がわかれば、奴らの襲撃場所も想像がつくはずだ」

「え？　なぜですか」

「坂だよ。奴らが標的を襲うのは死神坂と決まっているんだろ」

「なるほど」

「坂がわかれば、お前たちに先回りしてもらう。とはいえ桔梗之介をのぞけば、敵は大二郎と小次郎だけだ。俺と桔梗之介だけで十分とは思うがな」

「それはわかりますが」

「佐助、心配するな。大二郎と小次郎を片付けたら、岸和田屋にいって野郎を始末するだけだ。風魔の若い者たちを危険に晒すまでもあるまい。さあて、後は奴らの誘いを待つだけだ。とりあえず今日のところは解散だ」

虎庵の声に一同が次々と立ち上がったとき、顔面蒼白の愛一郎が書院に駆け込んだ。

「何を慌てておるのだ」

「先生、お松さんが……」

「お松がどうしたというのだ」

「それが、夕刻、日本橋の成田屋さんに通風の薬を届けていただいたのですが、未だに戻ってこられないのです」

「今は何刻だ」

「まもなく四つになります」

お松が暮れ六つに良仁堂を出たとして、日本橋に薬を届けるだけなら往復一刻もあればことは足りる。

それが二刻経っても戻らないというのは異常だった。

「愛一郎、日本橋の成田屋だな」

佐助が緊張した面持ちで確認した。

「はい」

「幸四郎、獅子丸っ！」

佐助が呼ぶのと同時に、ふたりが庭先に飛び出した。

それを追って亀十郎が飛び出そうとした。

「待てっ、亀十郎、お前さんの気持ちはわかるが、その怪我じゃ、何かあったら足手まといになるだけだ」

佐助が押しとどめた。

その場に両膝をついた亀十郎の、包帯だらけの両手がぶるぶると震えていた。

「汚え真似をしやがって……」

虎庵の奥歯がギリギリとなった。


一方その頃、永代橋近くに漂っている屋形船に、岸和田屋を乗せた一艘の猪牙舟が近付いた。

「どうやら首尾は上々のようですな」

屋形船に乗り移った岸和田屋は、迎えに出た田口伊右衛門にいった。

「女は当て身を食らわせておるのでまだ意識が戻らぬが、良仁堂のお松とかいう下女に間違いない」

田口は屋形船の障子を引き、中に入った。

屋形の奥には、お松が上半身と足首を縛られて横たわっていた。

「しかし岸和田屋、あのような町医者一匹殺すのに女を拉致するとは、死神らしからぬ手口ではないか」

「すでに下谷界隈では、あの者が死神を返り討ちにしたという噂がたっております」

「それは俺も耳にしているが……」

「もともと田口様のお子を身籠もったことを知られたとかで、奴を始末してくれといってきたのは田口様でございましょう。まさかあの者について、隠し事などございませんでしょうな」

「馬鹿なことを申すな。俺が元中町奉行所同心の後家を身籠もらせたとなれば、死神で稼いだ金を城内にばらまき、ようやく開いた八州廻りへの門が閉ざされることくらい、お主もわかっておろう」

「左様でございますね。ただ私も、大坂で野茨組に裏切られ、私が作った『白袴』を乗っ取られたことがございましてね」

岸和田屋は田口の心中を見透かすような目で見つめた。

田口はその視線から逃れるように、徳利の酒を注いだ。

岸和田屋に虎庵殺害を依頼したのは、確かに田口だった。

だがお絹が身籠もったことを知られたことも、本当の理由は勘定奉行所内にばらまいた賄賂の効果と武芸の腕が功を奏し、ようやく八州廻りへの道が開けたことも事実だが、だからこそ田口にとって死神はすでに邪魔者となっていた。

田口は岸和田屋が西国出身で、江戸の風魔の事情にうといことに目を付け、虎庵を狙わせることで、風魔に死神を抹殺させようと思ったのだ。

風魔が動けば死神は闇から闇に葬られ、岸和田屋が作り上げた「新富士浅間講」を横取りすれば、死神の伝説が生きる限り金の成る木となってくれるのだ。

「ところで岸和田屋、この女、中々の上物だが、風祭虎庵を殺った後はどうするつもりだ」

田口は話題を変え、盃に手酌で酒を注いだ。

岸和田屋はお松に近寄ると、マジマジとその顔を見た。

「ほう、本当に中々の上玉ではないですか。殺すのは惜しゅうございますな」

「お前さんの妾にでもするか」

「田口様、江戸で江戸の女を無理矢理妾になどしようものなら、どのような災難が降りかかるかわかりません。そうですね、京の島原辺りにでも売り飛ばしますか。ホホホホホ」

岸和田屋は好色そうな笑みを浮かべ、お松の豊かな尻を撫でた。

「お前さん、西国にいたときの悪い癖は命取りになるぜ。それより、明日の計画を教えてくれ」

「はいはい、この女は日本橋川の掘留近くにある隠れ家に連れて行きます」

「もちのき坂の隠れ家か」

「左様でございます。田口様には明晩五つ半、この女を連れて飯田町中坂通りの世継稲荷に連れてきて欲しいのです」

「なるほどな。風祭虎庵にとっての死神坂は、中坂ということか……」

「明朝、良仁堂に明晩四つに世継稲荷にひとりでくるよう、付け文を届けますので、よろしくお願いします」

「刺客は誰になるのだ」

「前回は奴を甘く見ていました。今回は大二郎と小次郎、それととっておきの腕っこきを用意しました」

「ほう、大二郎と小次郎に出陣させるとは、お前さんも本気ということか」

大二郎と小次郎が相手となれば、風魔とて無傷ではいられまい。

だが風魔も、人質を盾に統領の風祭虎庵を呼び出されたとなれば、万全の策を講じてくるはずだ。

風魔がもうひとりの刺客とともに、大二郎と小次郎を始末したのを確認したら岸和田屋を殺し、その首を小塚原の獄門台に置けば全ては終わる。

田口はほくそ笑んだ。

「ところで岸和田屋、そういえば、風祭虎庵に大怪我を負わされた浪人者、あれはどうしたのだ」

「あの怪我では長いことありませぬ。向島の寺に預け、死んだら無縁仏として葬るよう、頼んであります」

「死神として随分頑張ってくれたのに、ろくな治療も受けられずに最後は無縁仏とは、非情なものよのう」

田口の皮肉に、わずかだが岸和田屋の右頬がひきつった。


日本橋の成田屋に走った幸四郎と獅子丸が、良仁堂に戻ったのは四つ半（午後十一時）少し前だった。

「お頭、お松さんは確かに成田屋に薬を届けたそうですが、その後の足取りはまったく掴めません」

庭先に片膝を突いた幸四郎は、肩を激しく揺らしながら荒い息でいった。

「そうか、ご苦労だった。ふたりとも早く上がれ、愛一郎、ふたりに水を持ってきてやれ。それから桔梗之介、お前さんはいつまでもここにいちゃまずかろう」

「はい」

愛一郎と桔梗之介は返事をして書院を飛び出した。

「亀十郎、聞いたとおりだ。済まぬがここは堪えてくれ」

「お頭、偽死神は金吾親分の若衆を誰ひとりとして、殺すことはありませんでした。俺にしても、両手に小柄を命中させたにもかかわらず、とどめを刺そうとはしませんでした」

「そうだな。奴らは依頼を受け、標的にした者以外は殺さぬ。もし金で雇われた用心棒を殺せば、奴らの正義は地に落ち、ただの殺し屋に成り下がるからな」

虎庵は腕を組み、静かに目を閉じた。

「そうだ、亀十郎。お松さんは絶対に無事に決まってる」

佐助が慰めをいったが、暗く沈んだ室内の空気が晴れることはなかった。

八

翌朝、いつものように愛一郎が門前の掃き掃除していると、行き交う棒手振りを避けるように、幼い子供が駆け寄ってきた。

「おじちゃん、あすこにいるおじちゃんが、これを渡すようにっていって、おいらに十文くれた」

愛一郎は子供が指さした方を見たが、人影は無かった。

「そうかい、お使いご苦労さん。これはおじちゃんからだ」

愛一郎は子供が差し出した文と引き替えに、小さな子供の手に小銭を置き、すぐさま書院に走った。

書院では虎庵たちが横になっていたが、誰ひとりとして寝息を立てている者はなく、眠れぬままにまんじりともせず、夜明けを迎えていた。

「先生、近所の子供がこんなものを」

縁側で片膝を突き、障子を引いた愛一郎がいうと、一斉に全員が飛び起きた。

奇麗に折りたたまれた文を受け取った虎庵は、文面を声に出して読み上げた。

「本日、夜四つ、お松とともに飯田町世継稲荷前で待つ。お松の命が惜しくばひとりでこい、死神だとよ」

虎庵は文を佐助に手渡した。

「世継稲荷といえば飯田町の中坂、あのあたりは夜五つを過ぎれば人っ子ひとりいなくなります」

佐助が文をたたみながらいった。

「ふーん、俺にとっては中坂が死神坂というわけか」

「しかしお頭、死神はお頭が風魔小太郎ということを知らないのでしょうか」

「なぜだ」

「だって、奴らはたかだか銭稼ぎのための偽者でしょう。もしお頭が風魔小太郎と知っていたら、ここまでして命を狙ってきますかね。こんなことをすれば、二千を超える江戸の風魔を敵に回し、手めえたちが根絶やしにされることくらい、わからねえんですかね」

「岸和田屋は組んでいた野茨組に裏切られ、江戸に逃げてきた間抜けだからなあ」

虎庵は髭が伸びてざらつく顎を撫でた。

「それでも、本物の死神の噂を聞き、江戸で集めた偽死神に殺しをやらせるような悪党がですよ、なんだか妙だと思いませんか」

「岸和田屋は野茨組と組んではいたが所詮は西国の商人だ、風魔のことは知っていたとしても、俺がその統領ということまでは知らねえんじゃねえかな」

「お頭の殺害に失敗し、木村様の殺害にも失敗し、岸和田屋はとち狂っているということですかね」

「このまま俺と左内が生きていちゃ、死神の評判も地に落ちる。そうなりゃ奴の作った講も、抜ける商人が続出するだろ。そうなりゃ元も子もねえからな。ま、そんなこたあ、どうでもいいじゃねえか。こうなったらお松を何としてでも無事に救い出し、偽死神を始末するまでだ」

　虎庵は立ち上がって縁側に出ると、大きな伸びをした。

「お頭、お松さんが人質に取られたとなると、昨夜決めた策では……」

「佐助、お前ならどうする」

　虎庵は佐助に背を向けたままいった。

「吾作に集まる田口たちは、金吾親分にお任せしてはいかがでしょう」

「それで？」

「俺と幸四郎、獅子丸は配下の者と飯田町に潜み、お松さんの救出に当たろうと思います」

「そうだな。敵は桔梗之介と大二郎、小次郎の三人だとは思うが、奴らの誰かがお松を人質に取っていては動きが鈍る。そう考えれば三人以外に、お松を押さえておく者がいるはずだ」

「岸和田屋ですか」

「そういうことになるが奴のことだ、桔梗之介のように雇った別の手練れがいないとも限らない。そうなると滅多なことでは手を出せなくなるが、吹き矢とボウガンは絶対に忘れるな」

「はい」

「金吾親分、そういうことで、吾作の方は頼んだぜ」

「へい、ハナからそのつもりですから。それじゃああっしは準備もありますので」

金吾はそういって軽く頭を下げると、玄関へと向かった。

「亀十郎、そういうわけだが、奴らがここを襲ってこねえとも限らない。お前さんも不本意だろうが、愛一郎とお雅のことは頼んだぜ」

「はい」

思い詰めたように俯く亀十郎は、虎庵の目を見ようともせずに頷いた。


一方その頃、桔梗之介の元にも文が届けられた。

「旦那様、岸和田屋の小僧さんがこれを」

女房のお志摩は道場に行き、神前で黙想する桔梗之介に声をかけた。

昨夜帰宅した桔梗之介は多くを語らず、二百五十両が入った信玄袋をお志摩に手渡し、道場へと向かった。

おそらく桔梗之介は一睡もせず、準備を整えていたのだろう、道場のそこここに汗と思しき水たまりができていた。

「すまぬ」

桔梗之介がわずかに振り返っていった。

「旦那様、お風呂が沸いております」

「うむ」

桔梗之介は受け取った文を一瞥すると、お志摩に手渡した。

文には「今夜五つ半、飯田町酒処平蔵」とだけ書いてあった。

「旦那様、五つ半まではかなり間がございます。ただいま床を用意してきますので、少しお休みになられてはいかがですか、徹夜明けではお仕事に差し障りがございましょう。昼に起こして差し上げます」

「お志摩、すまぬな」

桔梗之介はお志摩を抱き寄せた。

「旦那様、このような場所で……」

「かまわぬ」

桔梗之介はお志摩のふくよかで形の良い唇に、自分の唇を重ねた。

神聖な道場にもかかわらず、痛いほどに強く抱きしめる桔梗之介に、お志摩は今夜の相手が並々ならぬ使い手であることと、桔梗之介の覚悟のほどを悟った。

金吾を玄関で出迎えたのは、手首を失った右腕を晒しで吊った牙次だった。

「なんだ、お前、動いたりして大丈夫なのか」

「へい、昨日、愛一郎先生からちゃんと許しを得て戻ってきやした」

「牙次、そんな目に遭わせちまって、すまなかったな」

「なあに、どうってことありやせん。それより親分、みんな中庭で支度をしておりやすんで、見てやって下せえ」

「支度って……」

「なあに、虎庵先生のところにうかがった親分が、朝まで帰ってこないということは、いよいよということでしょう」

「そういうことか」

金吾はいつもながら、牙次の気働きを頼もしく思った。

ふたりが中庭に向かうと、はしごに刺叉、打込といった捕り物用の大道具がいくつも立てかけられ、一間半（約二百七十センチ）もある長槍を持った五人組が、かけ声に合わせて突きの練習をしていた。

「おいおいおい、やけに大袈裟な道具を揃えたものだな」

「親分、あっしたちが死神を殺ろうってんですぜ。しかも、奴らはうちの若衆二十人をあっという間に血祭りにあげやがったんです。あんな野郎たちとまともにかち合えば、殺されるに決まってます。このほかにも目つぶしに撒き菱、じつは下総のマタギから手に入れた鉄砲も、三丁ばかり用意してあるんですが……」

牙次は口角を上げ、不敵な笑みを見せた。

「牙次、鉄砲はやめておけ。死神を成敗したにしても、ご禁制の鉄砲を使ったとなっては、申し開きができなくなるし、俺たち全員打ち首だ」

「親分、冗談ですよ」

「おいおい、心の臓に悪い冗談だぜ」

金吾はへたり込むように縁側に座った。

「でも親分、あっしらはヤクザですから、正々堂々なんて言葉は知らねえし、卑怯もへったくれもありやせん。どんなに汚え手を使ってでも、奴らを絶対に地獄送りにしてやりますんで」

「わかっているよ」

金吾は牙次の肩を軽く叩いた。

牙次の残虐性は誰よりも知っている金吾だったが、牙次がここまで啖呵をきったのだから、金吾がいうことなどあろうはずもなかった。

「おう、親分のお帰りだ」

「お帰りなさいっ！」

一同が声を揃え、縁側で仁王立ちする金吾の前に集まった。

誰もが肩をいからせて鼻息を荒くしているが、一様に頬をひきつらせている。

二十人もの仲間を一瞬で片付けた侍の手練れが相手だけに、勝てると確信している者などひとりもいない。

むしろ、恐怖で怖じ気づき、この場から逃げ出したくなる気持ちを必至で抑えているというのが本当のところだった。

「お前たち、ようく聞け」

「へいっ」

「懐に石ころを忘れるんじゃねえぜ。相手は手練れの侍だ、なるべく近付かずに石をぶつけてやるんだ。砂をぶちまけ、犬の糞でもいいからぶつけてやるんだ」

金吾が飛ばした檄に、誰かが答えた。

「親分、犬の糞がなければ、人の糞でもいいでしょうか」

「おう、屁でもかまわねえぜ」

「親分、屁は掴めませんよ」

どうしようもないやりとりだったが、目をひきつらせた一同の緊張をほどくには十分だった。

終章　死神坂の決戦

一

暮れ六つ、佐助、幸四郎、獅子丸が配下の者を三人ずつつれて、良仁堂の庭先に現れた。

「おう、早かったじゃねえか。ほらよ」

虎庵は縁側に積まれた風呂敷包みをそれぞれに投げた。

「お頭、これはなんですか」

幸四郎が首を傾げた。

「左内の旦那から届いた、黒の覆面に黒の筒っぽ、黒の裁着袴だ」

「はあ？　これを着ろってことですか」

「そうだ。どうやら本物の死神は、こいつと同じ物を着ているらしいぜ」

「本物の死神ですか」

「ああ、奴らは偽の死神だからよ、俺たちも死神に化けてやるってのも面白えかと思って、左内に頼んでおいたんだよ」

「なるほど、そいつは面白いですね」

佐助が包みを縁側に置いて開いた。

厚手で艶やかな絹の共布で作られた覆面も筒っぽも裁着袴も、手の平に吸い付くような、いかにも高級品といった手触りだった。

佐助や幸四郎、獅子丸の背後に控えている配下の者たちはいかにも若く、誰も二十歳そこそこに見える。

初めて見る統領の屋敷に気圧されているのか、視線があちこちに流れ、わずかだが背中が丸まっている。

おそらく佐助が選んだ精鋭なのだろうから、戦力としてなんら問題はないのだろうが、統領である虎庵の戦い振りを見せ、経験を積ませようという意図が如実に表れた人選だった。

突然、虎庵の背後の床の間にある隠し戸が音もなく回転し、愛一郎が飛び出した。

「先生、用意ができました」

「うむ、ご苦労だった。それじゃあ皆の者、ついて参れ」

虎庵がそういって隠し扉の奥に消えると、一同も後を追った。

全員が地下室の席に着いたのを確認した虎庵が口を開いた。

「腹が減っては戦はできぬからな。さあ、食べてくれ」

それぞれの前に置かれた盆には、焼き海苔が巻かれた大きめの握り飯が三つ、キュウリの漬け物と豆腐の味噌汁が配されてある。

この部屋に入るのは、敵を殲滅の評定をするときと決まっていて、佐助は初めての経験に、戸惑っていた。

「佐助、お前が手を付けねば、誰も食えぬではないか。いいか、此度の一件は正式に風魔が天誅を下す訳ではない。俺の正体も知らずに命を狙った偽死神の喧嘩を買ったまでのことだ。つまりこれは俺の喧嘩で、風魔の喧嘩ではないということを心していてくれ」

「わかりました。それではいただきます。皆もご馳走になれ」

「はい」

若者らしく腹を減らし、生唾を飲んでいた配下の者たちが、一斉に手を伸ばした。

一方その頃、両国薬研堀の居酒屋吾作の店内では、四人の侍だけがバラバラの席に座り、杯を傾けていた。

常連で将棋好きの町人がいないのは、店の入口の両側に立った角筈組の者が原因だった。

今まさに常連客の大工が店の暖簾を潜ろうとすると、店の両脇で手持ちぶさたにしていたヤクザが立ちはだかった。

「おう、今日は貸し切りだ。他の店を当たってくれ」

「なんだとう？　そんなことは知らねえな」

気の荒い大工はいきり立った。

「内藤新宿角筈一家の貸し切りなんだよ」

ヤクザが懐の匕首をちらつかせた。

「つ、角筈一家あ？」

思いもよらぬ大ヤクザの名に、大工の声はひっくり返り、おずおずとその場を立ち去った。

そしてほどなくして、田口伊右衛門と将棋を指していた侍が来店すると、入口のヤクザはあらぬ方向に視線を外して無視をした。

侍は一番奥の席に付くと、酒の用意をしていたオヤジに声をかけた。

「オヤジ、外にいる鬱陶しい奴らは何者だ」

「はあ、何でも近くの料亭でヤクザの親分たちが寄り合いをしているとかで、江戸中のヤクザが両国に集まっちまったようなんです」

すでに牙次から数枚の小判を握らされていたオヤジは、指示されたとおりに説明した。

「それにしても、いつもの将棋好きはどうした」

「一刻ほど前から、両国のあちこちでヤクザがいざこざを起こしていましてね、今頃は深川あたりで飲んだくれているんじゃねえでしょうか」

「そういうことか」

「田口殿は……」

「この騒ぎですからね、月番の南町奉行所が総出で警戒してますが、北町の皆さんも助っ人に駆り出されているんじゃねえですか」

「なるほどな。それじゃあオヤジ、俺にも酒と刺身を適当にみつくろってくれ」

「へえ」

オヤジは一刻半後に、自分の店が阿鼻叫喚の地獄になることなど知るよしもなく、用意した酒を入口近くに座る侍の席に届けた。

夜五つ半、桔梗之介は指定された飯田町酒処平蔵で盃を傾けていると、安普請の天井がミシミシとなり、階段から岸和田屋が顔をのぞかせた。

「先生、二階に上がってください」

岸和田屋は店内に点在する客に気遣い、声を潜めていった。

桔梗之介は大小を手に取ると、黙って二階に上がった。

岸和田屋に促されて小部屋に入ると、荒縄で縛られて目隠しをされたお松が転がされていた。

「その女は……」

「桔梗之介様、野暮はいいっこなしですよ」

岸和田屋がいった桔梗之介という名前に、お松の頬がわずかにひきつったのを桔梗之介は見逃さなかった。

——どうやら意識はあるようだな。

桔梗之介は小さな溜息をついた。

「先生、ご覧ください」

岸和田屋はそんな桔梗之介の様子に気付かず、窓の障子をわずかに開いた。

「目の前は世継稲荷か」

「左様でございます。このあたりでは田安稲荷なんて呼ぶ者もおるようですが、風祭虎庵には夜四つ、あの前にひとりでくるよう伝えてあります」

「あたりはやけに静かだな」

「このあたりは職人町ですからね。いつも五つを過ぎると雨戸が引かれてしまいます」

「いよいよだな」

桔梗之介は自分用に用意されたと思しき膳の前に座った。

「先生、四つまでは半刻ほどありますが、飲み過ぎには注意してくださいませよ。私は大二郎たちの様子を見て参りますので」

岸和田屋はそういうと部屋を出た。

桔梗之介は障子の隙間から岸和田屋が、世継稲荷の鳥居を潜るのを確認すると、お松の前で片膝を突いた。

向かいの部屋に灯りはついていなかったが、岸和田屋の手の者が隠れていないとも限らない。

「お松殿、桔梗之介だ。心配するな、とりあえず奴らのいうとおりにするのだ」

桔梗之介が声を潜めていうと、お松は横になったまままわずかに頷いた。

夜四つ、戦闘開始の鐘が鳴った。

薬研堀の居酒屋吾作は、金吾たち三十人を超えるヤクザに完全に包囲されていた。

吾作の調理場には、主人に手引きされた牙次たち五人が潜入している。

田口が姿を現わさず、手持ちぶさたな様子で盃を傾けていた五人の侍は、鐘の音とほとんど同時に立ち上がり、飲み代を卓に置いた。

「オヤジ、馳走になった」

入口近くにいた侍が、最初に店を出た。

だが侍は吾作の入口を取り囲む、三十人ほどのヤクザ者にたじろいだ。

不気味な殺気を放つヤクザの手には、脇差しだけではなく、長槍や竹槍、はしごが握られていた。

「な、何者だっ！」

侍の左手が鯉口にかかった瞬間、ヤクザたちは一斉に、手にした握り拳ほどの石を侍に投げつけた。

「ごつっ」

月代に投石が直撃した侍は、わずかに呻き声を上げてかがみ込んだ。

すると闇の中から投げつけられた無数の石つぶてが、さらなる追い打ちをかけた。

侍は両腕を交差させて防御の姿勢を取ったが、石つぶての勢いに押されて再び吾作に転がり込んだ。

「どうしたのだっ」

大刀を帯に差し、帰り支度をしていたふたりの浪人が駆け寄った。

「お、表に……」

ふたりの浪人はすぐさま白刃を抜くと、叫び声を上げながら店外に飛び出した。

だが一拍おいて、野太い叫び声が甲高い悲鳴に変わった。

「ギャギャッ！」

飛び出したふたりの浪人は、三本の長槍に串刺しにされて店内に押し戻された。

後ろの浪人の背中から、血塗れの槍の穂が飛び出していた。

「何ごとだっ！」

最奥にいた侍は大刀を抜いたが、あまりに異常な事態を飲み込めず出入口以外の逃げ道を捜した。

そして調理場を抜けて裏口に逃げようとしたとき、調理場に潜伏していた牙次たちが、うどん粉と芥子粉を混ぜた目つぶしを投げつけた。

完全に視力を奪われた三人の侍は大刀を滅茶苦茶に振り回し、壁や卓に激突しながら次々と入口から飛び出したが、おぞましい殺気に囲まれていることを察し、その場に立ちすくんだ。

すると何者かの合図が聞こえ、三方から迫ってきたはしごに挟まれ、完全に動きを封じられた。

「親分、田口の姿が見あたりません」

吾作から飛び出した牙次が叫んだ。

「野郎は飯田町ということか。よし、こいつらをさっさと片付けて、飯田町に向かうぞ」

金吾が無言で右手を挙げると、控えていた十人ほどの槍隊が三人を取り囲み、まるでわら人形でも相手にしているかのように、突いては抜き、抜いては突きを繰り返した。

「よこせっ！」

子分から長槍を奪った牙次は、三人の首を狙ってとどめの突きを繰り出した。

「おう、死体を片付けるぞっ！」

三人の侍の死を確認した牙次が叫ぶと、子分たちが一斉に死体に駆け寄った。

店内の二名、店外の三名、合計五体の死体は瞬く間に、薬研堀に停泊している川舟に投げ込まれた。

「これで全部だ」

牙次の声に、ともで竹竿を握った子分が、音もなく舟を出した。

「よしっ、飯田町に向かうぞ！」

金吾が再び手を挙げると、男たちが一斉にその場を離れた。

外の騒ぎに気付いた酔っ払いが店から出てきた頃には、何ごともなかったかのように、あたりは静寂に包まれていた。

二

虎庵が艪を握り、日本橋川を遡上していった猪牙舟が组橋を潜ったとき、夜四つ鐘が鳴った。

あたりに死神の見張りがいる様子はないが、虎庵は慎重に注意をはらいながら、ゆっくりと猪牙舟を河岸に寄せ、飯田町中坂下に立った。

飯田町はすでに寝静まり、坂上の空で赤みがかった月だけが怪しく輝いている。

虎庵が目を懲らすと、二町ほど先に人影と思しき黒い影が見えた。

背負った鞘から龍虎斬を抜いた虎庵は、柄に嵌めてある金属製の輪を外した。

龍虎斬は鍛造刀だが全長四尺、厚みのある刃渡りは三尺三寸という長刀で、黒光りする鮫革の鞘に収められている。

一見すると、刀身が先端に向かって狭まっていく両刃の直刀に見えるが、じつは二本の直刀を組み合わせて一本に見せている変わり刀だ。

虎庵は上海にいた頃、地元の刀鍛冶に同じ物を作らせたが、鍛造された日本刀と激突した際に折れてしまい、手にしている龍虎斬は風魔の刀鍛冶に打たせた三代目になるのだが、鎬《しのぎ》には刀鍛冶の知恵で二十程の穴が開けられ、軽量化がはかられていた。

刀身の中央で金色の龍と銀色の虎が絡み合うことで二本の刀が合体しているが、二本の柄を前後に滑らせれば、簡単に分離することができる。

柄にも龍虎の意匠が配され、のけぞるようにした龍虎の上半身が鍔、腹を合わせた下半身が柄になっている。

桔梗之介から聞いた、大二郎と小次郎という双子が使う二天一流とは、宮本武蔵が創始した二刀流の剣術だ。

虎庵も龍虎斬を使った二刀流を得意とするが、虎庵の剣術は我流であり、剣術というよりは上海で身につけた拳法と剣法、そして桔梗之介から教わった小野派一刀流を混ぜ合わせた格闘術のようなものだ。

虎庵は二本の刀が簡単に分離するのを確かめ、もう一度一本に組み直して鞘に収めると、世継稲荷の前あたりにいる影の一団に向かった。

中坂を半分まで上がったあたりで、虎庵は前方にいる五人の男とお松と覚しき女の姿を確認したが、黒の筒っぽと裁着袴姿で闇にまぎれている虎庵に、侍たちは気付いていないようだった。

「俺にはひとりでこいといっておきながら五人で待ち伏せとは、死神も地に墜ちたものよのう」

虎庵が叫ぶと、月にかかっていた群雲が晴れ、上半身を縛られ、猿轡と目隠しをされたお松の姿が月明かりに浮かんだ。

男たちは黒覆面で顔を覆い、裁着袴も一緒だが、派手な袴の地が朱、黄、緑、茶、紺と揃っておらず、死神を名乗る割には何とも田舎臭かった。

虎庵が一歩踏み出すと、坂下から生暖かい一陣の風が吹き上がり、月に厚い雲がかかったのか、あたりに闇が広がった。

そして突然、タライの水をぶちまけたような豪雨が虎庵たちを襲った。

一瞬でずぶ濡れになった虎庵は、慌てて覆面をはぎ取った。

鼻と口を覆う布が雨を吸い込み、突然、呼吸ができなくなったのだ。

すると敵の五人も、あわてて覆面をはぎ取った。

坊主頭の桔梗之介が、やけに目立っていた。

だが土砂降りだった雨が、嘘のように勢いを失って小降りになり、雲間から月が顔をのぞかせた。

素顔を見せた虎庵は歩を進め、三間ほどの間合いを取った。

「ほほう、死神とはそういう顔をしておるのか。真ん中にいる和尚と双子が誰かはわからぬが、強欲そうな町人髷のお前が岸和田屋、鼻の右脇にでかい黒子のあるあんたが北町奉行所与力の田口伊右衛門か」

「か、刀を捨てろっ！」

叫んだのは、お松を盾にして進み出た岸和田屋だった。

精悍な体つきの四人と違い、背中が丸く突き出た下腹が醜かった。

「ああん？　俺は見ての通り、手ぶらだよ」

虎庵が垂直に背負った龍虎斬は、背筋を伸ばした虎庵の頭、胴、右脚で完全に隠されているが、それを知っているのは桔梗之介だけだった。

「旦那方、さっさと始末しちゃってや」

岸和田屋はお松の腕を掴み、田口たちより三間も後方に下がった。

そして岸和田屋が、手にした匕首をお松の首筋に当てたとき、中坂の坂上で凄まじい気が発せられ、巨大な漆黒の影が猛然と突進してきた。

愛刀の胴田貫を手にした亀十郎だった。

「何や、お前はっ！　止まらんとこの女の命がないでっ！」

岸和田屋が、亀十郎に向かってお松を盾にすると、猛然と走る亀十郎の足がピタリと止まった。

亀十郎は鬼の形相で胴田貫を八双に構え、柄を両手で絞り上げた。

すると亀十郎の手の傷を縫合していた絹糸が、ブチブチという音を立てて切れ、傷口から噴き出した鮮血が亀十郎の顔を朱に染めた。

それを見た田口と小次郎がすかさず刀を抜き、岸和田屋に駆け寄ろうとしたとき、真ん中にいた桔梗之介が、全身から殺気を放った。

「さーて、お命頂戴といくかっ」

桔梗之介は関の孫六の大刀をスラリと抜き、再び全身から殺気を放った。

亀十郎の殺気を上回る壮絶な殺気に、田口と小次郎が思わず振り返った。

だがそのとき、岸和田屋の両側にある町屋の屋根から、まったく気配を殺したふたつの影が飛び降りた。

佐助と幸四郎だった。

突然眼前に降って出た黒い影に、岸和田屋は思わずお松を突き飛ばした。

だが岸和田屋のがら空きの鳩尾に、目にも留まらぬ早業で突き出された幸四郎の手刀が食い込み、岸和田屋はその場にくずおれた。

「亀十郎っ！」

お松の縄を切り、目隠しと猿轡を外した佐助が叫ぶと、走り寄った亀十郎がお松を肩に担ぎ上げ、脱兎の如く坂上に走った。

「お頭、人質は無事です」

佐助が叫び、幸四郎とともに直刀を逆手に構えた。

すると獅子丸が率いる九人の風魔が、佐助と幸四郎の後ろに次々と飛び降り、退路を断った。

「さあて、それじゃあ俺の番だな」

虎庵は桔梗之介に対し、身構えようともせずに進み出ると、背中から龍虎斬を抜き、目にも止まらぬ早業で二刀に分離した。

「クソ坊主、裏切ったか……」

田口が桔梗之介に向かって喚いた。

「裏切るも何も、それがしは虎庵様の家人、主を殺すわけにはいかぬだろう。文句があるなら、そんなことも調べずに俺を雇った岸和田屋にいえ」

田口が岸和田屋を振り返ると、岸和田屋は佐助たちによって縛り上げられていた。

「き、貴様ら、何者だっ！」

「田口、俺のこの格好を見てわからぬか」

「何？」

「黒い共布を使った覆面、筒っぽ、そして裁付袴、我らが本物の死神よ」

虎庵は肩口にある紐の結び目を解くと、背負っていた黒鞘が地に落ちた。

「本物の死神だと、ふざけるなっ！」

大二郎と小次郎がほとんど同時に大小を抜き、切っ先を眼前で重ねた。

「ほほう、それは円相の構え。ということは二天一流か」

虎庵は敢えていった。

二天一流の「円相の構え」は理想の構えとされているが、二刀を使う虎庵は、この構えが攻守に優れたものであることを経験則で知っていた。

桔梗之介は、虎庵から一間ほど離れた場所で、小次郎と対峙している。

「さあて……」

左手で虎、右手で龍の剣を掴んだ虎庵は手首を巧みに使い、同時に二本の刀を激しく回転させながら、大二郎との間合いを詰め始めた。

だが大二郎は、そんな虎庵の動きにも動じず、右足を引いて半身に構えた。

そして下から左手の脇差しを突き出し、その切っ先に右手の大刀の切っ先を上から重ねた。

「円相の構え」では、二刀を水平にして切っ先を重ねるのが普通だが、大二郎の「円相の構え」は縦型といえた。

——なぜ縦型などに？

大二郎の奇妙な構えに虎庵が戸惑いを覚えた瞬間、大二郎は一気に地面を蹴った。

そしてまるで稲妻のように、何度も屈折しながら虎庵に突進した。

若さもあるのだろうが、まさに電撃のような激しい動きを可能にするのが、縦型の「円相の構え」だった。

あまりに凄まじい大二郎の動きに、虎庵は回転させていた左右の刀を止め、切っ先を目の高さで重ねる「円相の構え」をとった。

それを見た大二郎は、高く掲げた右手の大刀を一気に振り下ろした。

虎庵が大二郎の斬撃を左手の剣で受けると、地を這うような角度から突き上げるような、大二郎の斬撃が繰り出された。

虎庵は思わず後方に飛び、紙一重で攻撃をかわすのが精一杯だった。

それを見た桔梗之介が、小次郎に向かって渾身の突きを繰り出した。

小次郎は円相の構えを崩すことなく桔梗之介の切っ先を上に弾き、大二郎と同様に左手の脇差しを突き上げた。

桔梗之介も鋭い攻撃に体勢を崩され、後方に転がるようにして斬撃をかわした。

片膝を突いた桔梗之介が、ふっと小さな溜息をついたとき、右肩に衝撃が走った。

背後にいた虎庵が、桔梗之介の肩を足場にして空中に舞い上がった。

虎庵は龍虎斬を握った両手を水平にし、竹とんぼのように猛烈な回転をしながら、大二郎に斬りかかった。

一撃、二撃、三撃――。

虎庵が繰り出した龍虎斬の斬撃は、大二郎の円相の構えを打ち崩し、左手に持った脇差しの先端を叩き折った。

ただ回転しているとしか思えない虎庵の斬撃は、なぜか丸太で打ち込まれたように重く、その衝撃で大二郎の両腕に電撃のような痺れが走った。

「お、おのれっ！」

思わず後方に飛び、腕の痺れが消えるのを待つ大二郎の目に怯えが宿った。

「とりゃっ！」

桔梗之介は片膝を突いた状態から地面を蹴り、上段から連続の斬撃を繰り出した。

一の太刀、二の太刀、三の太刀、そして四の太刀。

だが小次郎は、桔梗之介の斬撃をことごとく左右の大小で受け、払いきった。

そして肩で息を始めた桔梗之介の隙を突き、右手の大刀を袈裟に振り下ろした。

思わず大刀を掲げ、小次郎の斬撃受けた桔梗之介の右脇腹に激痛が走った。

脇腹をかすめた小次郎の脇差しが、わずかに皮膚を切り裂いたのだ。

「しまったっ」

桔梗之介は反射的に小次郎の左腕を抱え、小次郎の口元に頭突きを食らわせた。

鈍い音がして、よろけた小次郎の口から鮮血が溢れ出た。

桔梗之介の額には、小次郎の二本の前歯が突き刺さり、傷口から流れ出た夥しい鮮血が、桔梗之介の目に流れ込んだ。

桔梗之介はまさに絶体絶命の窮地に追い込まれた。

三

虎庵は龍虎斬を一本に組み直して地面に突き立てると、腰の帯の結び目から素早く二本の筆架叉を抜いた。

「なんだ、その武器は」

大二郎は見たこともない武器を持ち、大きく足を開いて半身に構える虎庵を不思議そうな顔で見た。

恐ろしく長くて奇妙な刀を手放した虎庵は、もはや勝利をあきらめたとしか思えなかった。

右手に持った筆架叉を高く掲げ、左手の筆架叉は逆手に握った虎庵は、ジリジリと大二郎との間合いを詰め始めた。

「これはな、我が祖が徳川家康より与えられた武器でな、天下御免の筆架叉という」

「て、天下御免の筆架叉って、ま、まさか貴様ら……」

大二郎はあまりの驚きに言葉を飲んだ。

「そう、我らは江戸の闇をあずかる風魔。下らぬ銭儲けのために死神の名を騙り、悪党を殺しているだけならまだしも、十代目風魔小太郎の俺を的にかけるとは、命知らずにもほどがあるぜ」

虎庵はそういうと、引いていた右足で水たまりの雨水を蹴り上げた。

水しぶきが舞い上がり、一緒に蹴り上げられた泥が大二郎の目を襲った。

泥が目に入った大二郎は、完全に視界を失った。

「ここまでだなっ！」

虎庵が一気に大二郎の懐に飛び込んだ。

大二郎は反射的に右手の大刀を振り下ろしたが、虎庵はその大刀を左手の筆架叉で易々と受けた。

すると大二郎はこれも反射的に左手の脇差しの斬撃を繰り出した。

だがそれより一瞬早く繰り出された虎庵の筆架叉の鋭い先端が、大二郎の顎裏に突立てられた。

虎庵の右手に頭蓋骨を突き破る衝撃が二度走り、鋭い筆架叉の先端が大二郎の月代あたりから飛び出した。

「兄者っ！」

小次郎が大二郎の骸に駆け寄った。

だが筆架叉で脳内を引っかき回され、大量の血を吐き出しながら、全身を硬直させて倒れた大二郎は即死だった。

「おのれ、風魔めっ！」

小次郎は振り向きざまに大刀を一閃した。

だが兄を殺され、平常心を失った小次郎の剣勢は明らかに鈍っていた。

虎庵は左手の筆架叉で楽々と斬撃を受けると、小次郎の大刀に右手の筆架叉を叩きつけた。

刀身の薄い日本刀は、側面からの衝撃に弱い。

鋼鉄製の筆架叉を叩きつけられた衝撃で、小次郎の大刀は粉々に砕け散った。

慌てて大二郎の大刀を拾い、円相の構えを取ろうとする小次郎の股間を虎庵の右足が蹴り上げた。

「ウグッ」

手にした大小を落とし、白目を剥いてくずおれそうになる小次郎に、虎庵は右手の筆架叉を渾身の力で突き出した。

左胸の肋骨の隙間に滑り込んだ筆架叉は、正確に心臓の中心を貫いた。

大二郎、小次郎、ともに即死であの世に送ってやったのは、虎庵のせめてもの情けだった。

「幸四郎、桔梗之介の手当を頼む。さあて、残ったのはお前と岸和田屋だけだ」

虎庵は血塗れの桔梗之介を幸四郎に預けると、筆架叉で首筋を叩きながら、田口の前に進み出た。

「風魔に逆らう気はねえよ。煮るなり焼くなり、好きにしてもらおうじゃねえか」

開き直った田口は、手にしていた大刀を鞘に収め、その場で胡座を組んだ。

「いい心がけじゃねえか。それじゃあ訊くが、なぜ翔太を殺った」

「翔太を殺ったかだと？　ふざけるな、あれは事故だっ。あの日、俺は小塚原で女衒の源蔵を殺った後、たまたまあの道を通っただけなんだ。ところがあのバカ馬、大川の花火の音に驚いて暴走しやがったんだ」

田口は苦渋にまみれた表情でいった。

「そうだろうな。手めえの倅を馬で刎ね殺す父親はいねえわな。しかも翔太はおまえんとこの嫡男なんだからな」

「な、なんでそのことを……」

「なんでもいいじゃねえか。それより、なぜお絹をかつての部下のゲロ政に押しつけたんだ」

「あれは押しつけたわけではない。品川の遊女だったお絹を娶るため、貧乏旗本の福田家の養女にし、政次郎に預けていたのだ」

「中町奉行所が廃止される直前、労咳を理由にお役御免になったはずの福田政次郎が、奉行所の記録では、なんで他のゲロ組と一緒に死んだことになっているんだ」

「町奉行所のゲロ組は、綱吉様の側用人柳沢吉保の肝煎りでできたのだが、南北町奉行所は小普請組から拝命したのだが、中町奉行所だけは柳沢が人選し、奴らに中町奉行所が押収した悪党どもや、火事で一家が死んじまった商家の財産の一部を柳沢に横流しさせていたんだ。それが上様の知るところとなり、享保四年、奉行だった坪内定鑑様は辞任、中町奉行所も廃止され、ゲロ組も消息を絶ち、奉行所の記録では死んだことにされたんだ」

「なぜゲロ政だけ生きているんだ」

「そうじゃねえ。奴はお絹のこともあって俺が匿ったが、奴以外の四人も死んだことにされてはいるが、奉行所や御庭番に追われているわけじゃねえんだ」

田口の説明は明快だった。

吉宗は柳沢吉保の悪事を曝けば、奴に群がっていた徳川宗家の重鎮にまでことが及ぶことを恐れ、全ての証拠を中町奉行所ごとこの世から抹殺したのだ。

ゲロ組を殺さなかったのは、奴らを死神にするためなどではなく、奴らを手にかければ、暗殺を恐れた柳沢が全てを暴露しかねない、吉宗はそれを恐れたのだ。

木村左内の読みを信じたことから、虎庵はとんでもない回り道をさせられていたことに気付いた。

「それなら、お前の子を身籠もっていたお絹を、なんで虫けらのように殺した」

「そ、それは……」

田口の握りしめた拳がぶるぶると震えた。

すると後ろ手に縛り上げられ、気絶している振りをしていた岸和田屋が、突然走り出し、虎庵の前に転がり込んだ。

そして哀願するような目で話し始めた。

「こ、この男は自分の出世のために、お絹をなき者にしたのでございます」

「出世のため？」

「はい。この男は死神仕事で稼いだ金を城内でばらまき、関東取締出役の山田左右衛門様の娘婿になることが決まるや、邪魔になったお絹を殺してしまったのです。翔太のことにしたって事故といってますが、どこまで本当のことやら」

「岸和田屋、黙れっ！」

田口は弾かれたように立ち上がると、岸和田屋を蹴り上げた。

岸和田屋がいっていることが真実であることを認めているようなものだった。

佐助と獅子丸が田口に飛びかかり、その場に押さえつけた。

「そういうことか。北町奉行所の与力から八州廻りとは、とんだ大出世だ」

「か、風祭先生、この男が死神に、お絹の依頼と偽らせてあなたを殺させようとした理由をご存知ですか？」

再び岸和田屋が口を開いた。

「どういうことだ、京極屋」

虎庵は敢えて岸和田屋が使っていた西国時代の名を呼んだ。

「な、なぜその名を……」

「手めえが野茨組と組んで『白袴』なる講を作ったこと、奴らに裏切られて江戸に逃げ下り、『白袴』と同じような講を作ろうとしたこと、全てお見通しだぜ」

「それなら話が早うございます。ようするにこの男は、私が作った死神に風祭先生を狙わせることで、風魔に死神退治をさせようとしたのです。そして野茨組同様、私が作った新富士浅間講を横取りしようとしたのでございます」

虎庵が田口を見ると、諦めたように力無く微笑んだ。

「京極屋、そんなことはどうでもいいんだよ」

「ええ？」

「それならお前に訊くが、そこまで知っていて、なぜ安全なところに隠れずに、こんなところまで出張ってきたのだ」

「そ、それは……」

「俺たちに死神一党を始末させたところで、俺たち風魔に手を組もうと、持ちかけるつもりだったんじゃねえのかい」

「さすがは風祭様。すべてお見通しでございましたな。わたしと風魔が手を組めば、この世は思い通り、幕府など恐るるにたりませぬ」

いつの間にか正座していた京極屋は胸を張り、虎庵の誘い水とも知らず、商人根性丸出しで語り始めた。

「京極屋、夢をみるのはもう十分だろう」

「へ?」

虎庵は意外そうな表情をした、京極屋の顔面に膝頭を打ちつけた。

そしてそばに落ちていた匕首を拾い上げ、左手で京極屋の髷を掴んだ。

「おう、口を開きやがれ。手めえの両頬も切り裂いてやるからよ」

京極屋は奥歯を噛みしめ、堅く唇を閉じた。

「手間をかけさせやがるなあ」

虎庵は髷を放し、左手で京極屋の鼻をひねりあげた。

京極屋は鼻の軟骨を引きちぎられる痛みに耐えかね、大きく口を開いた。

しかし虎庵は匕首を口には突っ込まず、京極屋の右頬にある顎骨の付け根に切っ先をあてがい、一気に頬を貫いた。

顎骨が砕け、歯が折れるゴッゴッとした感触が虎庵の右手に伝わった。

虎庵は京極屋の絶叫などおかまいなしに匕首の刃を滑らせ、両頬を一気に切り裂いた。

「さて、これでお前さんひとりになっちまったな」

虎庵が田口の前に立つと、坂下から地響きが聞こえた。

左内と金吾、その手下たちがようやく飯田町に到着したようだ。

「田口の旦那、冥土の旅の置きみやげに、お前さんが金をばらまいた連中の名前を教えてもらおうか」

「誰だっ！」

正座する田口の前で片膝を突いた虎庵の背後で、凄まじい殺気が放たれた。

虎庵が振り返ると、大上段に構えた左内が一気に大刀を振り下ろした。

切断された田口の首が、ゴツゴツ音を立てて転がった。

「先生よ、幕府の御法度や御定書には、賂を渡すことも、受け取ることも禁じられちゃいねえんだ。賂を受け取った役人に天誅を下すのが風魔の正義ならば、それを禁じねえ将軍にも天誅を下さねば、辻褄があわなくなっちまうぜ」

左内はそういうと、項垂れた京極屋の首も一刀のもとに切断した。

「なるほどな、旦那のいうことも、もっともかも知れねえな」

「それじゃあこいつは、俺が貰っていくぜ」

左内は両手で京極屋と田口の髷を掴み、生首を眼前に掲げた。

「ここはどうやら、お前さんたちの死神坂だったようだな」

そういって左内は踵をかえすと、ひとり、坂上から流れ込み始めた霧の中に消えていった。

（了）

本作品は当文庫のための書き下ろしです。

文芸社文庫

死神坂の月　風魔小太郎血風録

二〇一七年十月十五日　初版第一刷発行

著　者　安芸宗一郎
発行者　瓜谷綱延
発行所　株式会社　文芸社
〒一六〇－〇〇二二
東京都新宿区新宿一－一〇－一
電話　〇三－五三六九－三〇六〇（代表）
〇三－五三六九－二二九九（販売）

印刷所　図書印刷株式会社
装幀者　三村淳

ISBN978-4-286-19168-3

［文芸社文庫　既刊本］

トンデモ日本史の真相　史跡お宝編
原田　実
日本史上の奇説・珍説・異端とされる説を徹底検証！　文庫化にあたり、お江をめぐる奇説を含む2項目を追加。墨俣一夜城／ペトログラフ、他

トンデモ日本史の真相　人物伝承編
原田　実
日本史上でまことしやかに語られてきた奇説・珍説・伝承等を徹底検証！　文庫化にあたり、「福澤諭吉は侵略主義者だった?」を追加（解説・芦辺拓）。

戦国の世を生きた七人の女
由良弥生
「お家」のために犠牲となり、人質や政治上の駆け引きの道具にされた乱世の妻妾。悲しみに耐え、懸命に生き抜いた「江姫」らの姿を描く。

江戸暗殺史
森川哲郎
徳川家康の毒殺多用説から、坂本竜馬暗殺事件の謎まで、権力争いによる謀略、暗殺事件の数々。闇へと葬り去られた歴史の真相に迫る。

幕府検死官　玄庵　血闘
加野厚志
慈姑頭に仕込杖、無外流抜刀術の遣い手は、人を救う蘭医にして人斬り。南町奉行所付の「検死官」が、連続女殺しの下手人を追い、お江戸を走る！